国家出版基金项目
NATIONAL PUBLICATION FOUNDATION

"十二五"国家重点出版物出版规划项目

走向世界丛书

主编　钟叔河　曾德明　杨云辉

FROM EAST TO WEST

傅云龙 游历美加等国图经馀纪

鄢琨　校点

岳麓书社·长沙

傅云龙像

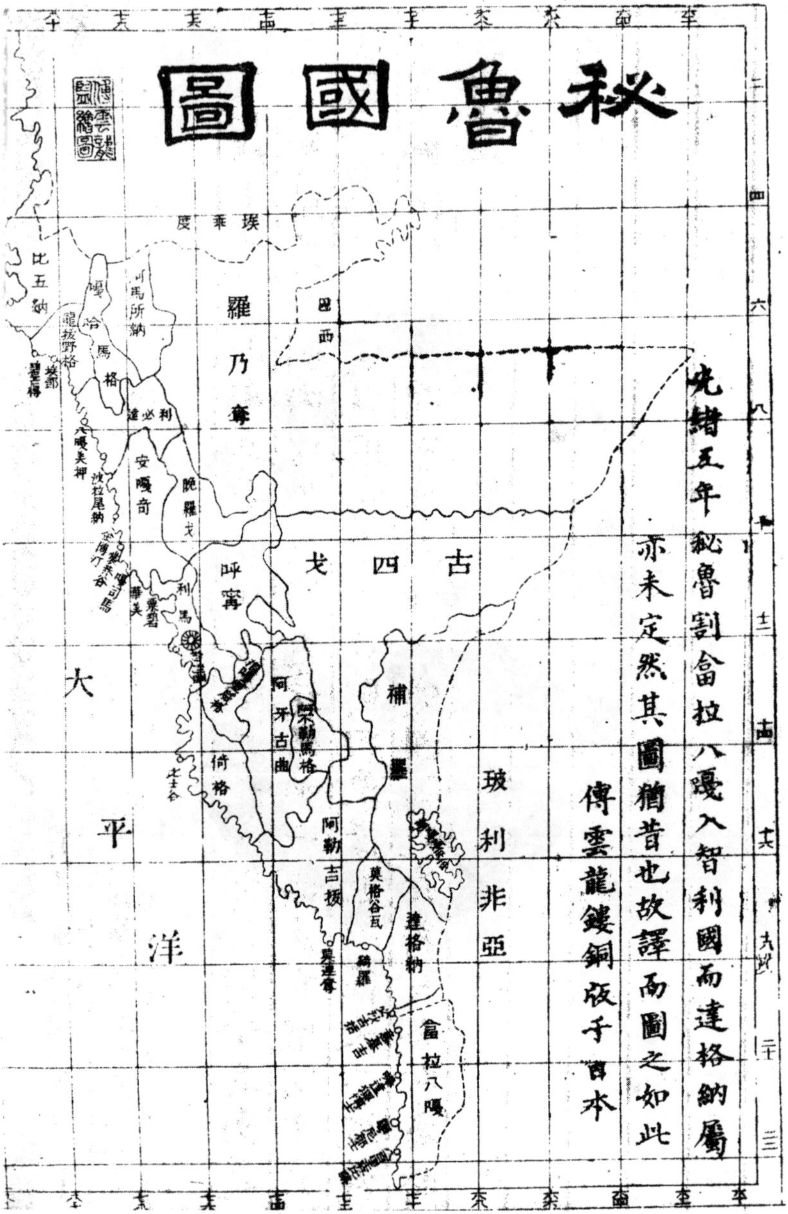
秘魯國圖
光緒五年秘魯割畣拉八嘎入智利國而達格納屬
亦未定然其圖猶昔也故譯而圖之如此
傅雲龍鏤銅版于日本
瑛華度
比五納
羅乃奪
巴西
古四戈
呼寕
補
玻利非亞
畣拉八嘎
大
平
洋

傅云龙镂铜版秘鲁国图

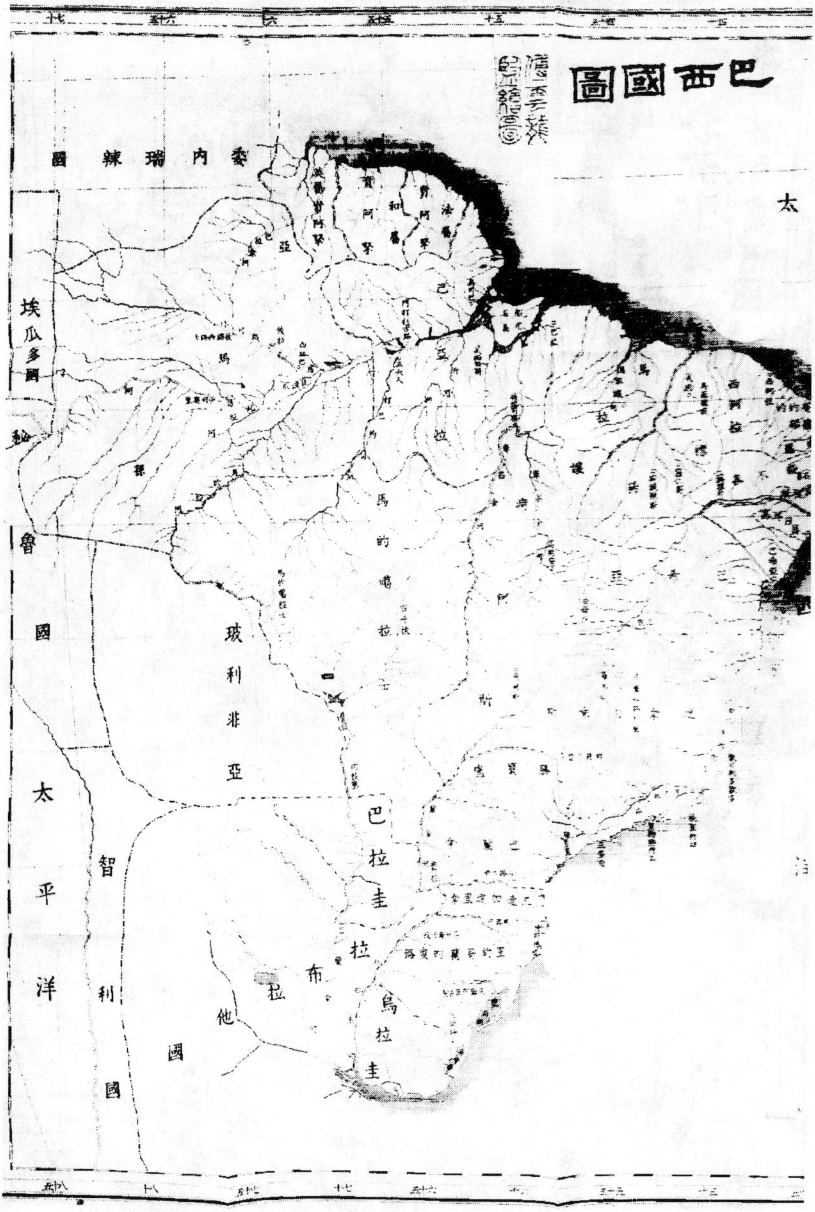

傅云龙手绘巴西国图

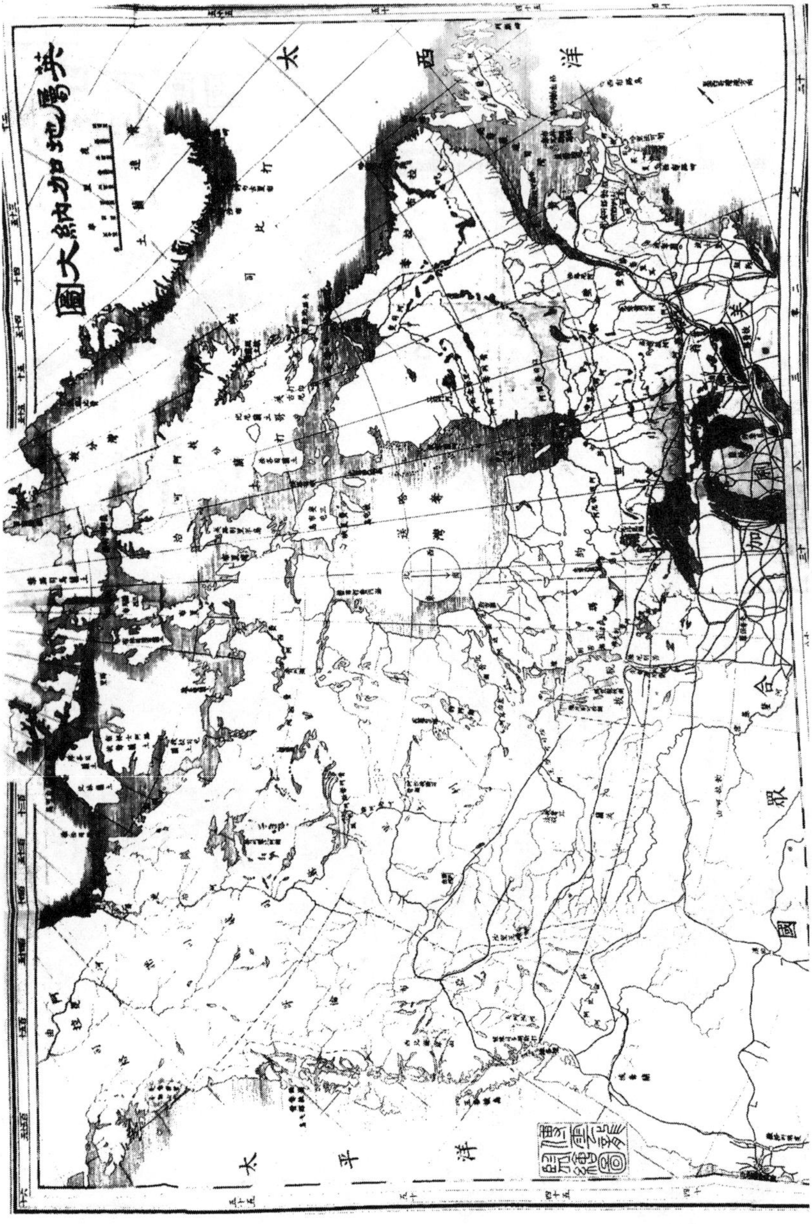

傅云龙手绘加拿大国图

本册总目□

丛书新序

钟叔河

二〇一三年十月

“走向世界丛书”一百种，只收晚清时期 from east to west（从东方到西方）的记述，这并不等于说，只有十九世纪末二十世纪初的中国人，才需要面对走向世界的问题。

纵观人类历史，走向世界决不是什么地区性和阶段性的活动，而是不断出现在全人类发展进步过程中并与之同步的历史现象。一百万年前，人类开始从非洲进入亚洲和欧洲，一万年前，又从亚洲进入北美洲和大洋洲，就是在不断地走向世界。

从有史以来的文献、文物看，三千多年前的《奥德赛》和《出埃及记》，说的是古希腊人和以色列人走向世界——走向地中海和巴勒斯坦。两千多年前的《史记》和《汉书》，写了张骞和后来汉朝“益发使”走向世界——曾走到罗马在西亚的边陲。一千三百年前的《大秦景教流行中国碑》、七百年前的《马可·波罗游记》和四百年前的《利玛窦中国札记》，记下了阿罗本、马可·波罗、利玛窦的 from west to east，这和 from east to west 一样，都是在走向世界。

人类曾因地理、种族、制度、意识形态等原因而互相分离，甚至隔绝。夜郎国的君长初见汉使时问：“汉孰与我大?”当是时，夜郎的世界僻处黔西，其“大”可知；连夜郎都未入版图，则汉之“大”亦远不如今之中国。但人为万物之灵，为了求生存谋发展，总不能老守着自己的一亩三分地，总会要想方设法走向世界——走向更广阔的外部世界。于是，汉要“通西南夷”，要前往原来“道险终不能有”的夜郎；夜郎要问“汉孰与我大”，要想改变原来“不知汉广大”的状况。由互相隔绝变而互相接近，互求了解，这就是走向世界。

走向世界，无论是自己走出去还是让别人走进来（总比让别人杀进来好），无论是主动的还是被动的，从总的历史进程看，用大的历史眼光看，都有利于发展，都是一种进步。对汉朝来说是如此，对夜郎来说亦是如此。两千年前是如此，两千年后亦是如此。上世纪七十年代末开始编辑出版“走向世界丛书”时是如此，如今来继续编辑出版这部丛书时亦是如此。

今天的中国已不再是七十年代的中国，虽然仍称发展中国家，经济总量却早已“超英”，正在“赶美”，但走向世界的路还“漫漫其修远”。时至现代，走向世界当然是要走向现代化的世界，也就是要高度现代化，全盘现代化。“四个现代化”的“四个”——工业、农业、科技和国防，已经“化”出了很大的成绩，而我们的管理现代化，我们的服务现代化，我们的制度现代化……要走的路的确还很长。

现代人走向世界，首先要使自己成为能接受全球文明，有世界知识，有世界眼光，有世界理想的人。“走向世界丛书”杰出的作者，如郭嵩焘、黄遵宪……又如邹代钧、金绍城……他们看到的新技术还是德律风（送话器和最早的手摇电话机）、火轮车（蒸汽机车）……我们如今却已经用上了智能手机、坐上了波音飞机……但在思想层面上，我（不敢称我们）反省自己的世界眼光和世界理想，甚至在世界知识的某些方面，比起一个多世纪以前的郭、黄他们来，差距实在还不小。在这方面，也就是人的现代化这方面，要走的路就更“漫漫其修远”了。

五年前北京奥运会的成功举世公认，它已经成为中国走向世界的一大标志。它的口号：

ONE WORLD，ONE DREAM

“同一个世界，同一个梦想”，这也应该是现代人走向世界的志向和目的，是我们继续编辑出版“走向世界丛书”的志向和目的。

丛书原序

钟叔河

一九八〇年七月

人们常说，今日之世界，乃是一个“迅速缩小的世界”（rapidly shrinking world）。在电视卫星、激光通信和喷气式客机的时代，地球之上各地之间的距离，确实好像越来越短，人们相互间的接触和交流，也越来越方便和密切了。

可是，仅仅在几代人以前，异国还显得那样的离奇和遥远。古代欧洲人说，中国人用小米和青芦喂一种类似蜘蛛的昆虫，喂到第五年虫肚子胀裂开，就从里面取出丝来（Pausanias《希腊纪事》）。古代中国人则曾经相信，西方有种羊羔是从泥土里生长出来的，脐带还连着大地（《旧唐书·西戎传》、《渊鉴类函·边塞部九》）。这类海外奇谈，今天听起来简直不可思议，而在过去上千年中，却一直被当作可信的资料，记载在欧洲和中国的史书上。由此可见，人类文明的发展，经历了一条何等漫长曲折的道路。

为了探索和开辟外部世界，丰富自己的物质和精神生活，各国人民都作过许多贡献。人类文明史像叙说伟大的发明家和著作家一样，将永远铭记着张骞、玄奘、马可·波罗、哥伦布等不朽的名字。我们甚至可以这样说：一个民族从中世纪到现代的历史，也就是它打开眼界和走向世界的历史。

历史的发展从来是不平衡的。当黄河、长江已经哺育出精美辉煌的古代文化时，泰晤士、莱茵和密西西比河上的居民，还在阴暗的原始森林里徘徊。而自从地理大发现和产业革命以来，中国却相对地落后了。在西方实现资本主义的现代化以后，中国还是一个基本上同外界隔绝的古老国家。是鸦片战争打开了中国的大门，也打开了中国人的眼睛。人们称林则徐和魏源为清代最早"开眼看世界"的人，因为西方的坚船利炮打到中国来时，他们首当其冲，亲身感到这个世界在缩小，距离和壁垒再也不能将异国隔离开了。

过去时代的中国读书人，在"严夷夏之大防"

的社会里度过了上千年。封闭的外壳被打破后怎么办？守旧派的办法是把脑袋钻进沙子里学鸵鸟，像慈禧太后的大学士徐桐，见到洋人就以扇遮面。就是这个徐桐，在庚子年间焚香叩请骊山老母下凡来“杀尽洋人”，结果骊山老母没有下凡，他自己的老命却白白送掉了。而林则徐和魏源则不同，提出要“师夷长技以制夷”，主张学习外国的长处，以对付外国的侵略。要学习，先得了解，于是林则徐编了《四洲志》，魏源编了《海国图志》。虽然他们未能亲身出国去考察，书的材料靠间接采辑而来，难免有许多谬误，但无论如何，地里长羊羔之类的神话毕竟不得不逐步让位给常识了。

林、魏之后，中国才开始有读书人走出国门，到欧美日本去学习、访问和工作。容闳、王韬、郭嵩焘、黄遵宪和严复等人，要算是最早的。接着出国的人渐渐多了起来，尽管其中不少是奉派而去的政府官员，但既然去了，就不会不接触近代—现代的科学文化和政治思想，也就不可能不在中国发生影响。

“走向世界丛书”专收一九一一年前国人亲历欧美和日本的记述。自从一八四〇年鸦片战争失败那时起，先进的中国人，经过千辛万苦，向西方国家寻找真理。应该说康有为和在他之前的郭嵩焘、王韬、容闳等人，的确代表了近代中国向西方寻找真理的一派人物。当然，丛书所收的，也并不全属先进的人物的作品；但总而言之这些都是中国人从东方走向西方的实录，自有其文化的意义和历史的价值。

必须指出的是：从鸦片战争到五四运动这一历史时期中，西方国家虽在许多方面比中国先进，值得中国人学习，但国家利己主义的本质，却总是要压迫剥削比他们落后的民族的。中国人走向世界、接触西方，既有一个学习外国长处的问题，又有一个抵抗外国侵略的问题，盲目排外和盲目崇外都是错误的。对于某些作品中不免流露的这类观点，我们将在为各书撰写的叙论中，适当地作些分析，供读者参考。

“洋为中用”是我们今天的主张，也是十九世纪先进的中国人的主张。“师夷长技以制夷”，不就是“洋为中用”吗？当然，随着接触和认识的逐步深入，人们慢慢地看出：仅仅学一点“长技”，搞一点坚船利炮，还是不行的；要救国，只有维新，维新行不通，就只有革命。伟大的革命先行者孙中山，用他自己的话来说，也是在一八七八年出国以后，“始见轮舟之奇、沧海之阔，自是有慕西学之心，穷天地之想”，才树立了推翻清朝建立民国的大志和信心。历史无情亦有情，后人的思想和事业肯定要超越前人，但前人的足迹总可以留作后人借鉴，先行者总是值得纪念的。

今天的世界已不是十九世纪的世界，今天的中国更不是清朝末年的中国。今日之中国，已经逐渐以现代的面貌，出现在世界的东方。但是，世界的进步越来越快，中国的经济和文化等许多方面还需要不断地发展和提高；这就必需继续打开眼界、走向世界。打开眼界以后，还要学会分析，分清好的和坏的。一切好的东西，要拿来为我所用；一切有害的东西，要实行抵制和预防。在这方面，前人的经验和教训，有一些也仍然值得我们注意。

谨将这套丛书奉献给爱好历史和文化、关心中国和世界的读者，希望它能在中国现代化的过程中，起到一点微薄的作用，是为序。

丛书凡例

一、“走向世界丛书”一九八六年前已刊三十五种，二〇一五年起仍按原定一百种的计划继续刊行，仍然专收现代以前用文言写作的国人考察西方（含开国后的日本）的记述，仍以亲身经历、直接闻见者为限。

二、丛书按作者出国年月排列次序，尽量单行，即以一种为一册；字数过少无法单行者，才以两种或数种合订成册。合订本尽可能以类相从，按第一种出国年月排序；其各种均在封面列出书名，书脊则只列出第一种书名，并在其下注明“等几种”（另有附录者则注明“附几种”）。

三、每种（册）书前，均由编校者撰写导言（叙论），介绍作者有关背景和书中重要内容，酌加评论分析，以供读者参考。

四、丛书均经编校者校订，标点分段，并加边批。边批的内容主要包括三个方面，兹以《随使德国记》为例，举示如下：

1. 标题、提要和说明，如“星使由苏州来”、“普鲁士分一十二省”、“演八十日环游地球的故事”、“如夫人即赛金花”、“‘人工’今皆称工人”。

2. 书中较重要的译名（加括弧注出原文或今译），如“德璀琳（Detring）”、“毕驷马（俾斯麦）”、“布莱门（不来梅）”、“德利风（电话）”。

3. 原文的订正和存疑，如“‘公司船’原无船字”、“‘骁勇’原作‘骑勇’”、“‘薛福成’成字原作辰”、“奥京立斯本应是维也纳”。

五、每种书后，均附人名索引，人名依首字笔画和一丨丿丶乚排列，按年、月、日三节数字查检（正文单页码下均有年、月、日三节数字备查）。如德璀琳之“德”字为十五画，于索引“十五画”内检得其名下首列“13，8，17”，查正文“13，8，17”在P. 3下，即可在P. 3上找到

（光绪十三年八月）十七日“乘肩舆往拜税务司德璀琳”的记载。

六、每种书后，一般附有译名简释（今昔译名对照，必要时并加说明），亦依首字笔画和一丨丿丶乚排列。如“卜兰墩浦 Brandenburg，勃兰登堡”，又如“勺勾腊 chocolate，巧克力”。

七、人名索引和译名简释的条目，并不限于边批中所举者；边批中所举者，则必皆收入索引和简释。

八、人名索引按年、月、日三节数字查检，其原书不著年、月、日者，则按篇章序号或页码查检。

九、原文因排印（抄写）而出现的明显的文字错误径予改正，不在边批中注出。

十、原文中同一外国地名而译文不一，如缪祐孙《俄游汇编》中“彼得堡”就有“比得堡”“彼德堡”等异文，因其无碍阅读，故一仍其旧，不予统一。

十一、原文中之统计数字亦一仍其旧。有的表格中之中文或汉码数字，为方便阅读，改为阿拉伯数字。个别已经失去时效、并无参考价值的统计表格，则在说明情况后删去。

十二、丛书以简体汉字印行。除总序、凡例外，编校者所作导言（叙论）、边批、索引中涉及的数字均按现行规定采用阿拉伯数字。

叙论：
一位晚清游历使眼中的美洲印象□

鄢　琨

光绪十三年（1887），清政府选派了十二名海外游历使，分赴东西洋游历考察。这项举措，可谓空前。首先，选派等人员格外郑重：先由中央六部保送七十六人；再经别开生面的考试（试题为《海防边防论》《通商口岸记》《铁道论》和《记明代以来与西洋各国交涉大略》），录取廿八人；又经总理衙门大臣面试，最后由光绪皇帝朱笔圈定十二人。其次，同时派遣十二名使节，分赴亚、欧、南北美洲的二三十个国家，进行为期两年的游历考察，规模也是前所未有。归国后，游历使们分别撰写了几十种考察报告及海外游记、日记和诗文集，呈交总理衙门，成果之巨，也属空前。

其中，兵部郎中傅云龙以考试第一名入选，于光绪十三年七月十五日（1887.9.2）从北京启程，至光绪十五年十月廿八（1889.11.20）回京销差，期间游历了日本、美国、加拿大、古巴、秘鲁、巴西等六国，纂辑了《游历各国图经》八十六卷、《游历图经馀纪》十五卷和纪游诗等，在游历使中成绩也最为显著。

《游历各国图经》主要用图和表的形式，分别介绍各国地理、职官、外交、政事、兵制、文学、教育、考工、产业、货币、交通等方面的基本情况，是“十九世纪末中国人开始系统调查研究外国情况的一份巨大工作”（钟叔河《从东方到西方》）。《游历图经馀纪》则以日记的形式，记录其游历行程和见闻感想等。其中《游历日本图经馀纪》三卷，已于1983年收入《走向世界丛书》第一编之《甲午以前日本游记五种》中；这里所收的，则是《游历图经馀纪》中游历日本以外的几种：《游历美利加图经馀纪》《游历英属地加纳大图经馀纪》《游历古巴图经馀纪》《游历秘鲁图经馀纪》《游历巴西图经馀纪》。

傅云龙在出国前，拜访了美国、西班牙等国驻华使领馆，请教过同文馆总教习丁韪良等洋专家，还考察了天津北洋机器局、电报局、海关、开平煤矿等，为游历考察作了较充分的准备。以此，他刚一踏上人生地不熟的异国土地，便按照总理衙门《出洋游历章程》“应将各处地形之要隘、防守之大势，以及远近里数、风俗、政治、水师、炮台、制造厂局、火轮舟车、水雷炮弹，详细记载，以备考查”之规定，开展了扎实的调查考察。

以他美洲第一站美国西海岸旧金山之行为例：

他在旧金山见到了“自行街车”（有轨电车）：“车转四轮，行铁轨上，轨道之间嵌铁条二，相离寸许，一铁线行机流转于中，凡车欲行，钳着铁线，脱钳则车立停。”

在博物院见到误认作狈的袋鼠：“狈前足五六寸，后足五倍之，骨节外曲，与犬相反，尾长四尺有奇，前后判然两物。”归途见有九层楼的旅舍“高百二十尺，屋千有奇”。

在矿局见一试矿新机器，了解其试铁法、试汞法等。

游船工厂，记载了其规模、设备及在造铁甲船，“其厂有圜钢造物器，直径三十三尺，围三倍有奇……五大洲大莫此若”。

游炮台，了解其装备、后勤及“民尽知兵”的战备情况。又视海滨要隘。

调查消防设施，“电钟一鸣，救火车立至，火不成灾以此”。

游扳爹毡工厂，诹度羊毳之精粗，制造之良否，工费之损益。

记述美国独立日游行盛况，各色人等“罔弗用开国时衣物。厥意有二：一不忘旧，一以励新”。

乘观光火车视海狗山，知道美国保护野生动物，杀海狗者罚有定章。

遇声学家，与之考究声传一秒时之速率，视所传而异。

访铁道公司，言及隧道其高以三十六尺为适用，宽亦如之。

游开矿火药引（雷管）工厂，参观其机器与生产流程，并试燃厥引，入水不息。凡矿穴置炸药以此引之。游织丝厂。

在旧金山的六十二天中，除去三天办理护照、车票、行李等事，二十八天参观访问（其中七天有一半时间用于写作），昼游夜记；其馀三十一天则足不出户，将见闻及搜辑的资料编撰成《图经》与《馀纪》的草稿。计有《馀纪》《游历美利加图经·经纬表》《中国美利加月朔表》《中国美利加较时里差表》《美利加图经·寒暖平均表》《美利加图经·晴雨表》《美利加地理图》《合众国总图》《美利加图经·疆域原始》《美利加合众国沿革》《合众国方里表》《合众国四至八到表》《合众国名称归一表》《美利加邦部方类》《合众国形势》《合众国都》《合众国通都大邑》《合众国邑表》《海湾表》《海滨杂识》《岛表》《美利加图经·山》《合众国地舆杂识》《美利加世系表》《美利加副伯理玺天德表》《华盛顿传》《美利加图经·风俗》等二十七种。

此行日程排得满满的，诚如傅云龙自己所言：不敢旷一分光阴，虚一日跋涉，鸡未鸣即起伏案，卷非夜过半不掩。

傅云龙是科举出身，就其知识结构来说，对所参观的许多领域毕竟是外行，但他总能以认真的态度，去看去记。如参观轮转印刷机："继视双印机，则见所未曾。它机一女工坐置纸张，此用不断之纸，宽四尺有奇，长二里有奇，置之机中，不须人司也。凡西书一纸分印两面，此印一面即自转下轮，印其背面，自截而出。一印四纸，一纸为十六叶，是一印得六十四叶矣！其器值银二万二千圆。又一双印机器，将纸卷置之机上，前后二轴各嵌圆铅板三十有二，如瓦列为四行，行各四板，则一印亦六十四叶，捷莫捷于此矣！其器值银一万五千圆。其铸书板法有三：一曰泥模。泥有三种，曰苦雷，曰被沃林，皆白色；库拉史拉，黄色。调之匀之，以铁抹于钢板，以阴文铜板印之，至再至三即成。二曰纸模。湿纸铺之阴文板面如拓金石，层层湿纸再拓再加入之，压机烘之，蒸气旋拓旋烘，应手而成。此二模者，板皆铅铸，以铜镀之，即纸模亦用二十馀次。三曰蜡模。倾蜡于钢板上，以钢镌字模压之，点画极深。刀削浮蜡，微烘一过，濯之硝强铜水，即成红铜形，再入电气水，移时成薄铜片。然非附铅于背，可印而不可久。此皆云龙躬历目验，不日成之者。"对机器的生产过程、效率乃至价格都一一记录。

有些场合只能走马观花，浏览一过，他也不满足于外行看热闹。如参观农业部，日记只略记当日所见："五谷百卉，种罔弗具……棉本较华倍高且巨，丝、麻、蔗、蔄、淡巴菰之属，细大不捐。"然后以数日之工，编纂索得之资料，编撰了《美利加图经・物产》《农产大宗表》

《麦类近年比较表》《农地产值表》《食货大要表》《食要系地表》《盐表》《糖表》《酒表》《淡巴菰表》《油表》《棉花年表》《矿类系地表》《产煤表》《矿务杂识》等，以勤补拙，亦不虚一日跋涉。

对有些关系国民生计的事，傅云龙更是特别关注。如他“耳闻密士昔比河工与中国黄河相颉颃”，而黄河治理在中国是头等大事，在从旧金山东赴华盛顿时，特地绕道南下，到密西西比河下游的纽阿林（新奥尔良），“与河官等历视密士昔比河畔，问源穷流。复览所谓坚堤者，或受急湍，或抵沙湾，亦惟是立桩障板，编柳杂石焉耳。问别有善策乎？曰，若减宽，若去曲，若浚中，若疏口，是其著效者”。并著《密士昔比河工说》，载之《游历美利加图经》。

他还对一些国内闻所未闻的事产生兴趣，如冒雨游华盛顿的拍登阿夫斯（专利局），见到陈列的各式发明，琳琅满目，“凡自出心裁、不由剿袭、不落窠臼、有用于世者，则给文凭，许专利若干年；否则却之”，感受到专利保护是“机轴之渊薮，亦艺苑之生面也”。这可能是中国官员最早的对知识产权的认识。

傅云龙在古巴、秘鲁、巴西及途经的智利的游历考察，则开了中国使节与拉丁美洲文化交流的先河。他除了调查这些国家的火车铁道、炮台兵船、电线邮政、农务工商、学校风俗、物产矿产、关税钱法、岁计国债、政制刑略等国情，参观其田寮、工厂、植物园、博物院甚至

“难可轻游”的尼院（修道院）之外，还特别关注了所经之地的华人的情形。

十九世纪四十年代至七十年代，约有三四十万契约华工被西方人口贩子掠卖到拉美各地，被拍卖给大庄园、种植园、矿山和铁路、运河工地作苦力，在极残酷的奴役和虐待下，能活着捱到契约期满的华工往往不到三分之一。当时美国驻秘鲁公使多马斯记载道：“八年工满，一千人不得一人能活。”在国际社会的压力下，经清廷的反复交涉并于光绪四年（1878）派遣陈兰彬任驻美、西、秘鲁等四国公使以保障华工权益后，华工的境遇才逐渐得到改善。

傅云龙正值此时游历拉美，自然对当地华人的境遇十分关注。他在巴拿马了解到“其地华人数百，皆商。今春来工四百，未数月，婴疫死过半，幸免者归矣”。在秘鲁，听说华工解除契约成了自由民后，有的选择续签合同，留在秘鲁：“华工初困田寮，领事既置，工身尽赎；然闻赎后或自买，如笃六溪约，隐毒犹有馀者，所未详也。”他到秘鲁首都利马，了解到“先是华工琐尾，不盲辄盲，无告无归”，当地华商与前刘代使议立盲工院予以救济，为此集赀三万六千圆修建中华通惠总局，以租银作为盲工院经费。傅云龙应邀为中华通惠总局题匾并作对联。经过智利，傅云龙记道：“有埠曰理登纳……华人百，商一二耳，馀皆工也，会馆曰联义堂。又有埠曰理宜格……华人不及百，有佣无商。”“意基吉……济工之商凡四万五百有奇，其中华人六百有奇……是埠中华馆四：一聚义堂，一忠勇堂，一同盛堂，一协义堂。”大约各地华人有领事馆的保护，以及华侨会馆的相互扶助，境遇改善，在当地已扎下根来。

他还特别记述了在利马过春节：“晨起乘车至代办使署拜万岁牌。归，中华通惠总局董事偕华商十数来，来者皆衣中国衣，所谓唐人街者，几忘其为海市。爆竹弛禁三日，元日已无虑值金数千……而求书楹联者，上灯犹濡笔也。”“二日未初乘马车行。侨梨惜别，爆竹送之，近火车头声犹未歇，送者四十。”在智利拜访中华公司的华商，见到“孺子环立，问之，华父，而不解华语”。则华人在保持自身民族传统的同时，也在逐步融入当地的社会。

《馀纪》还记载了他此行的艰辛。首先是晕船，“洋面无边，初航晕浪，辄不克食”，“云龙不食五日矣，强起少食，渐可坐立”。其次是疾病的威胁，船到巴西时，正值“时疫流行，逾二时即多不救，其国都死者日二百有奇”，舟中人皆不敢登岸，仅傅云龙一行为完成考察任务，冒险登岸。而经费不足，也经常给他们带来尴尬。在考察过密西西比河的河堤后，“未正归店，疲不堪言。从者皆欲且息，而房一榻之宿五金……囊且罄矣。于是申初强起，即携翻译等乘火车”。到利马投旅舍，“问值，曰日银三十圆，势难骤出，且居”，次日“别寻客寓，值较廉，然外人视之，于国体不无关系”，只好借居华商的商铺，连案榻地毯，都从他处借来。若非这些记载，旁人一定会以为，堂堂一国之游历使，必定是风光无限呢！

傅云龙调查考察，认真踏实，不辞艰辛，留下的文字资料也极为可观。但正如钟叔河曾批评的，其美中不足的是务实有馀，务虚不足，记述往往点到为止，未作更深的思考。如他乘坐火车多日，不惜每天将所经站点和里程全部照抄，但极少发表议论。仅在秘鲁乘火车游基格纳山穿行高山隧道时，“或洞岩腰，或贯壑口……既斜且曲，轨罔或阻”，感叹了一句：“议铁道者方啧啧谓难在必直必平也，盍亦至基格纳山一游?”傅云龙从国内出发时，正值总理衙门事务大臣和海军衙门总办的奕譞上疏奏陈“铁路实为目下中国应行举办之务”，而以翁同龢为首反对修路的官员则以建铁路有“资敌、扰民、失业”等弊端为理由，说三道四，百般阻挠。和傅云龙同时在美国的公使张荫桓，就对建铁路明确表示支持“铁路四通，货车络绎，贫者得以食力糊口，富者因而居积取盈”，应“速开铁路通火车，宜筹虑周远，控制邻国”（《三洲日记》）。傅云龙的述而不作，或许和他的地位、和他所定的写作原则有关，或许只用数据说话就是他的态度?

他严格遵守总理衙门《出洋游历章程》规定，只作“详细记录”的态度，在他对各国政治的考察中，表现得尤为显著。他在美国参观了议院，见到了总统选举、国庆游行，在加拿大也看了议院，在秘鲁游国家监狱。如他记美国议院："是合众国立法处，院分上下。议长皆居中高坐，馀则层坐围向之。高楼听议，男女罔有或阻。面议长者，别国使臣，以次坐也。是日人约数百。上院议南党多黑奴，举伯理玺天德未若北党之实。下院议整饬水陆诸军，听者鼓掌，或离坐私语，议长以木拍案，盖逊上院之严肃矣。其院上左下右，其间高屋顶圆而锐，中绘人物。第三层望如镌石，实亦画也。"纯一幅平面的白描，犹如赴剧院看戏，记下了剧场的装饰、演员在台上的忙碌，至于所演的剧情，则不甚关心。

虽然他还撰有《美利加合众国沿革》《美利加世系表》等一系列图经，有更详细的介绍，如在《游历美利加合众国图经》中说美国是"民主之国，与君主之国之制异，厥制以公议为法，以齐民为政，以上下无隔阂为权利"，其政治体制是三权分立"一曰立法之权，国会是也；一曰行法之权，伯理玺天德是也；一曰定法之权亦曰执法，律政官是也"。但那也只是纯粹的罗列说明。本来，在《图经》的基础上作进一步的阐述和思考，应是《馀纪》题中之义。傅云龙却始终只作平面的叙述，而不谈感想，不作评判。实在地说，西方制度的优劣，有否值得中国借鉴，在国内最开明的洋务派认识尚停留在"中体西用"的当时，既非傅云龙所能知，也非他所当说。

倒是和外国元首的几次会面的记载，有些兴味。他在白宫拜会美国总统（格罗弗·克利夫兰），总统对他表示欢迎，说"至自文物大国，固所愿见""欲游何处，罔有或阻”，酬答数四。虽然是客气话，但见面和辞别时，都握手示礼，习惯了见皇上时三跪九拜的傅云龙，不知心中有否感触？见智利总统和巴西国王时，也是握手示礼，且智利总统的母亲和子女都在座，这种亲切的家庭氛围，当也是他见所未见的吧。

傅云龙还两次游览了瞒脱瓦农（Mount Vernon，弗农山庄）的华盛顿故居，见到“故居卑且朴，华盛顿儿时斫树斧犹在，而柄朽矣；琴书星罗如初，其妻纺织器亦置如初”，而故居的维护则由“妇孺竞谋解橐岁葺之”，他不由得感叹“海外人物能不以华盛顿为第一流哉”！并特别撰写了《华盛顿传》。这段文字，是书中少有的饱蘸感情之笔。

傅云龙在《馀纪》中虽多以冷静的旁观者面目出现，但此行给他思想上的触动其实还是很大的。他在归国后呈总理各国事务衙门的报告中说：“云龙每游一处，辄念我中国能否入彼人目，想而不禁面赤背芒，而愧且寓之心，诚有中夜起坐而不自知其痛哭之何从也！……中国近事，京都人未即知之，而外国则无不知之！”其言辞的激烈与痛切，反映了他内心所受的强烈震撼。

总的说来，傅云龙的《游历图经》和《游历图经馀纪》是当时中国人对这几个国家所作的最详细深入的调查研究报告之一（关于日本还有黄遵宪的《日本国志》）。

两年的游历结束后，傅云龙和另外五名回京销差的游历使将各自的调查考察报告与“札记及翻译编选之册”

呈交总理衙门。总理衙门大臣审阅后，于次年光绪十六年（1890）六月，向皇帝上奏拟请对游历使分别给奖，特别表扬“傅云龙所著游历日本等国图经八十六卷，纂述较多，征引尚博，实属留心搜辑，坚忍耐劳”。光绪皇帝将傅云龙的品秩由三品提至二品，派往北洋大臣李鸿章麾下，被李鸿章任命为北洋机器局会办。李鸿章还为《游历图经》系列写序，称赞傅云龙“坚忍耐劳，于外洋情形考究尤为详确”。

获得保奖的六名游历使，除傅云龙和刘启彤加赏二品衔“发往北洋大臣差遣委用”外，其他人只是赏加四品的虚衔，只能等待候补实缺或外派地方小官，都没有真正得到重用，尤其是没能在外交岗位上发挥作用。加上当时朝廷并无真正向西方学习、改革维新的愿望，傅云龙和其他游历使的有关著作，也没有被当作他山之石，引起真正的重视，而是被束之高阁，鲜为人知。热热闹闹开场的海外游历使派遣，最终冷冷清清收场。直到数年后甲午战争的惨败，才将许多中国人（还只是一部分先进的中国人）惊醒。

傅云龙（1840—1901），字楼元，一字懋元，号醒夫，浙江德清钟管镇人。出使回国后，历任北洋机器局会办，海军衙门帮办、总办，神机营机器局总办等职。除《游历图经》《游历馀纪》《游历诗选》外，还著有《顺天府志》（合著）《机器图说》《洋务实学文编》《考工记》《全汉文五百卷》《金石集成三百卷》等。

傅云龙游历美加等国图经馀纪□

光绪十四年四月十九日	乘船离横滨赴美
光绪十四年五月五日	抵达美国旧金山
光绪十四年八月十六日	抵加拿大蒙特利尔
光绪十四年十一月三日	抵达古巴
光绪十四年十二月七日	抵达秘鲁
光绪十五年二月六日	抵达巴西
光绪十五年三月十九日	抵达美国纽约
光绪十五年四月十二日	乘船离旧金山赴日
光绪十五年四月二十八日	抵达日本横滨

□据清光绪十五年印本整理
□鄢琨校点整理

傅云龙游历美加等国图经馀纪目录

游历图经馀纪叙例

花翎二品衔、直隶即补道、总办北洋机器局、前游历使臣傅云龙述：

自叙：

云龙既述《游历日本国图经》三十卷、《美利加合众国图经》三十二卷、《秘鲁国图经》四卷、《巴西国图经》十卷、《英属地加纳大图经》八卷、《日斯巴尼亚属地古巴图经》二卷，凡八十六卷，或印或缮，图皆镂铜，先后进繇总理各国事务衙门王大臣察核，恭呈御览。凡此皆纪事体也。不依编年体纪见纪闻，则里差何以较时，岂独人与地行，顺则日增，逆则日减，末由见欤；问学之大小何以日新，征兵之水陆何以月异，策国之损益又何以岁不同也。而况舟车之流年，较闭户之课功为尤迫；重译之晨夕，较同文之寒暑为易奇。未敢云事事借参，悉关国计，然使旷一分光阴，将毋虚一日跋涉，何以副志？何以对

图经纪事
馀纪编年

昼游夜记探远知幾

君？此云龙所以昼游夜记，既揭全体之大要入于《图经》，复探致远之知幾著于《馀纪》，而不欲以浮闻杂，并不敢以肤词饰。遵旨游历之国六，合之假道之国凡十有一（详《游历图叙》）。为华里十二万有八百四十四，为日七百七十。以光绪十五年十月十七日旋我京都，明年就途所草，编之斠之，起夏五月，讫秋七月，成《游历图经馀纪》十五卷。分编十有二，自为叙曰：

各篇提要

舟车所驰，朱以识之，潮线轨线，视掌如斯，述《游历地球图》第一。寒为冰券，燠鲜尘坌，足迹计里，逾十二万，述《游历天时地里合表》第二。州殊文殊，此非殊途，中外同异，其枢纽乎，述《游历日本图经馀纪前编》（上下）第三。地背轮驶，亦陆亦水，汽力之长，莫长于此，述《游历美利加图经馀纪前编》（上下）第四。英其多属，此曾驻足，极北近之，忠义聊录，述《游历加纳大图经馀纪》第五。飞瀑流回，纽约重来，爰诹爰度，道左徘徊，述《游历美利加图经馀纪二编》第六。旱虐未息，呼行不得，而避莫遑，冬暑相逼，述《游历古巴图经馀纪》第七。地背之南，赤道舟探，海滨无雨，水影何蓝，述《游历秘鲁图经馀纪》（上下）第八。春秋异华，游其最遐，时方炎旱，狭彼骞槎，述《游历巴西图经馀纪》第九。来非去路，驶七朝暮，夏雪薄凝，车轨鲜误，述《游历美利加图经馀纪后编》第十。蜻蛉一洲，补所未游，既纪且斠，两载倏周，述《游历日本图经馀纪后编》第十一。不凿空沿，不繁缛编，以日系月，以月系年，述《游历图经馀纪叙例》第十二。

专例：

馀纪一十五卷，略依史家编年体，庶其与图经相表里乎。然彼以地为主，此以日为主，述专例：

编写凡例

凡人书名不书字，或以字行变例，书之史法也。

凡官不假古官结衔；于外国官，或据同文而直书，或译音释谊，就中国官之近似者譬喻之，不敢以中国官强名之也。

凡地名，译音不译义，不以南易“叟”，不以北易“诺”，馀可类推。

俪文绮语，无所取也，以纪实为主。非稽国计，即鉴民生；非烛军政，即研学术；非测天度，即诹地险；它若山水之奇，次之，习俗之异，又次之；而风景翻新则略。

行文重点国计民生

《图经》以所游之国为范围，而《馀纪》则就一日之见闻，不囿一地之甄录也。

游历美利加图经馀纪前编上

花翎二品衔、直隶即补道、总办北洋机器局、前游历使臣傅云龙述：

凡游合众国华盛顿都至自三法兰昔斯哥者，辄繇加里符尼亚，而列法达邦，而尤达部，而歪阿明部，而拿布拉士格邦，而爱呵洼邦，而伊利那倚斯邦，而英厘阿纳邦，而倭海约邦，而宾夕佛尼亚邦，而纽约邦，而纽折尔西邦，而玛理兰邦，以至其都。此自西至东之中行铁道。云龙行南太平洋铁道，何欤？耳闻密士昔比河工与中国黄河相颉颃，不得不假道纽阿林究其源流；仅言弗欲与归道复，犹其次也。或曰是有二危：德格瑟斯轨拓无人之地，路劫宜鉴前车，一也；暴风损人畜无算，相去二日耳，二也：然皆履如坦道。既著《密士昔比河工说》，遂游厥都，择联邦工肆之善事，若舟若车，若兵，若农器，若五金熔铸，撮厥大要，著之《图经》。而心目所治，依日识

工肆善事著之图经

之。航海以太平洋为宽，汽车亦难可以南太平洋铁道为短也。光绪十四年秋八月十五日车发士伯林飞耳，将有英属地之游，遂以是日为断，述《游历美利加图经馀纪前编》。

四月十九日　辰正登“西地阿夫里澳叠日鸦尼路”轮船。巳正，罗理事等舣小轮舟别于英止波场，而轮发横滨。船主名西布里。其船造自宾夕佛尼亚邦之给斯太，初为巴西人船，继归美利加公司。长三百五十尺，宽三十二尺，容二千二百七十五吨有奇。蒸汽压力一寸方面约七十五磅，受七百七十五客。上舱三十四，其床倍之，无中舱。所谓中舱者，即下舱之有卧榻，自成片段者也。以竹支布，卧辄抵足；布筒引风，才足通气，呼吸皆秽，无病亦病。

赴美华工以佣偿值

其舱载广东人七百有奇。虽鲜略卖，然无资者，外国人辄自香港假银三百圆，横滨如之，行至旧金山，侻乏告贷，以二年工偿之；偿足，佣钱乃可自得。虽然，月值多辄百馀圆，少亦二十，平均以三十圆计之，十四万人即月得其银四百二十万圆，岁计无虑五千万有奇矣。是以贫趋若骛。矿务铁道工省且捷，用者初无禁意，而埃利士工忌之，以彼入籍与公举权，而华工则否，奚以敌耶！

洋面无边，初航晕浪，辄不克食。

二十日　午正计自展轮至此，海里二百八十八，合华里九百五十。东航少北北居里六十二。东经百四十四度四十五分，就英吉利绿威起算，航海通例也。北纬三十六度五十七分。

太平洋潮有寒热两线，此行凉潮，气候顿减。

14,4,21

二十一日　午正，又行海里二百五十八，合华里八百五十一。东航少北北居里六十七。东经百四十九度三十八分，北纬三十八度三十七分。

二十二日　午正，又行海里二百六十五，合华里八百六十四。东航少北北居里六十一。东经百五十四度三十九分，北纬四十度四十四分。

风少紧。向者闻广东香港至宁波一带七月风多，天津、上海、江苏海面二、三月风多，二月初九、十九、二十八，三月三日，尤忌，而太平洋则以华纪三月后八月前为平。

二十三日　雾重。午正，又行海里二百六十五，合华里八百七十四。东航少北北居里六十三。东经百五十九度五十二分，北纬四十二度四十三分。云龙不食五日矣，强起少食，渐可坐立。 晕船五日不食

二十四日　午正，又行海里二百四十五，合华里八百有八。东航少北北居里六十九。东经百六十五度有四分，北纬四十四度十分。

二十五日　午正，又行海里二百四十，合华里七百九十有二。东航少北北居里七十四。东经百七十度二十五分，北纬四十五度十六分。风雨交作，浪巨甚。未时，轮缺，停修移时。广东人为云龙剃发。下舱华工以疾，顿少其一。 华工病死

二十六日　午正，又行海里二百七十，合华里八百九十有一。东航少北北居里七十八。东经百七十六度四十三分，北纬四十六度有九分，与日本北海道千岛屿纬度同。

又二十六日　午正，又行海里二百七十五，合华里九

百有七。东航少北北居里八十一。西经一百七十六度四十七分，北纬四十七度有九分。船主云，昨日休息，今日仍休息也。按每日日出递速十七分有奇，多一日之说，原不必定其多于何日，然航海人辄平分航程增于其间。

二十七日　大风鼓浪。午正，又行海里二百八十五，合华里九百四十。东航少北北居里八十七。西经百六十九度五十七分，北纬四十七度有九分。申时轮停，盖汽罐受损也，酉初修竣，复行。

二十八日　午正，又行海里二百七十，合华里八百九十有一。东航少北北居里八十九。西经百六十三度三十三分，北纬四十七度有二分，与日本桦太岛纬度同。

二十九日　午正，又行海里二百八十五，合华里九百四十。东航转南南居里八十一。西经百五十六度五十分，北纬四十六度十六分。

三十日　午正，又行海里二百九十，合华里九百五十七。东航少南南居里七十七。西经百五十度有七分，北纬四十五度十四分。

十二日后食卧少惯

五月一日　午正，又行海里二百八十五，合华里九百四十。东航少南南居里七十五。西经百四十三度四十四分，北纬四十四度有四分。食卧少惯。

患天花病

二日　午正，又行海里二百八十，合华里九百二十四。东航少南南居里七十六。西经百三十七度三十分，北纬四十二度五十五分。下舱又一病者疑痘，不知所终。

三日　午正，又行海里二百八十，合华里九百二十

14,5,4

四。东航少南南居里七十四。西经百三十一度三十九分，北纬四十一度二十五分。

四日　午正，又行海里二百八十，合华里九百二十四。东航少南南居里六十六。西经百二十六度有四分，北纬三十九度二十二分。大风起，寻雨如注。夜，船顿停，以为至旧金山矣，时方子正。问知汽罐重损而修，逾半时，复行五分时，又停五分时，开行如常。

五日　午正，又行海里二百一十，合华里六百九十三，达三法兰昔斯哥埠，自横滨至此海里四千五百七十一，合华里一万五千八十四。其埠隶嘉里符尼亚邦。始得此地者，法郎西人三法兰昔斯哥也，因名，《环游地球录》三藩城即此。埠口双岛对峙如门，西向无草木，夕日射潮，作金色，遂呼"遏卢田扼多"，译言金门也。华人谓之金山，曰旧，对新金山言也。彼不知痘，视胜于疫，患者就医，而船历十四日乃泊，是船入口，医验上下舱不一遗。税务司至，又验客行装；语翻译曰："中国游历官未至时，外部已行文矣。船虽不泊，得以小舟自达海关。"未初，藉得力风知照中国总领事之驻此者。酉初至署。计不履地者一十八日。五洲洋面，此其最宽，回首京都，地分腹背。出使美利加、日斯巴尼亚、秘鲁张大臣已于四月十日赴秘鲁，留代使徐参赞（寿朋）。

检疫甚严不得泊岸

六日　与彭随使（承谟）视自行街车，前此未之见也。其行以汽，而罐在局，不在车。车转四轮，行铁轨上，轨道之间嵌铁条二，相离寸许，一铁线行机流转于

有轨电车1879年德国人发明

中，凡车欲行，钳着铁线，脱钳则车立停。创自士丹福（详《图经》）。日本榊原浩逸《欧米铁道经济论》所谓纲牵铁道即此；而核厥名，不若称汽机自行街车。然非地无酷寒如三法兰昔斯哥，难免冻而滞，当别策以运转之。

七日　繇嘉里符尼亚街乘车游拉达耳邱，是其公茔地也。地高于海面百尺，百卉争妍。其碑半云石为之，或方或圆，或如锐塔，或肖经幢。与汕马爹山相对，译言新米胜山也。山有白贞烈女墓，为文表之曰：

被卖为妓抵死不从

白贞烈，广东南海人，一缠足弱女子也。略卖旧金山，逼狎不从，被虐无告，而志坚，自即于死。时道光年间。瘗汕马爹山，在士得顿街东南，约华里十有五。繇是美利加人谓贞烈为好女子；而忍辱女逢中元辄扫墓，以为常。云龙游外国坟山，而贞烈孤坟相望律陵且恧。遑论文姬，女墓而表亦宜。呜呼贞矣！呜呼烈矣！南海志其可佚乎！

大清光绪戊子夏，游历使、兵部郎中，德清傅云龙撰文，将勒贞石，藉维气节于二万数千里外。

八日　属《馀纪》草。游书肆。

九日　游工厂。

十日　至中华会馆。华商述厥始末，援笔记曰：

光绪十三年，云龙游始日本，同文国也，华人无旧金山之夥。明年夏五至此，访绅耆于中华会馆，其总也。分馆七，曰阳和，立自东莞、香山、增城，而博罗附，人万有奇，香山居十之八。曰三邑，立自南

14,5,10

中华会馆权舆

海、番禺、顺德，而三水、高要、四会、高明，花县附，人数同。曰人和，立自嘉应、惠州、新安、归善，人三千。曰宁阳，立自新宁，人近六万。曰合和，立自开平、恩平及新宁余氏，人二万，而余居半。曰肇庆，立自开平、恩平，人八千。曰冈州，立自新会、鹤山，人万五千，新会居十之八。先是，华人来始道光二十六年，宁波最先，或汕头，或澳门，后皆航自香港，数未百。次年四百许，二十八、二十九两年盈万。新宁、新会、开平、恩平、香山人较多，立公司目。三十年人且三倍，公司遂分。新宁、新会、开平、恩平立四邑公司于唐人街尾。东莞、增城、新香山立阳和公司于天仁街。南海、番禺、顺德立三邑公司于华盛顿街后山。咸丰初，四邑公司将徙板仁街，寻分三：一宁阳，一冈州，一合和。新安人又与嘉应、惠州、归善立人和公司。六公司目始此。今板仁街冈州馆即四邑公司欲徙处。同治初，无虑十馀万人，立公所一，曰六公司，此中华会馆权舆。合和公司寻分恩开、肇庆二馆，光绪初复合和名，肇庆自为馆。七会馆目繇此。八年，六公司更名总会馆，旋繇出使大臣定名“金山中华会馆”以闻。设董事，初六，继八，护照给自大臣，其期一二年有差；总董事一，拣自总领事，四月为期；绅董无定额；司务、通事、律师各一。内以解纷，外以御侮，第而曰乡谊云尔哉。食用一如中华，不忘本也。人逾十万，不一资是邦物产，招忌以此，微独掩土著工力而已。虽然，铁道、矿务，赖华人居多。艺以工习，工以商济，道以艺见，何莫非国家储才。外府与会于斯者，其庶乎日新月异而岁不同也。

十一日　总领事偕至麻基脱街观“玻诺拉麻”，盖油画也。三法兰昔斯哥有二，一在夜治街，一在此。圆幕高四十尺许，径三十尺，中有高台，观画于斯。其画张壁，写美利加南北党交恶战事。数百里烟火如在目前，群峰垒云，古木撑堑，停峙起伏，旄头隐露。有伏兵，有疑兵，有弃甲裂胄血渍短发者，有马断脰犹骑不得下而指麾未已者。其画琐维理安之弟子为之，谓之“密生那里勒治忙腾拔突”。译之：“拔突”之言战，“忙腾”之言山，“密生那里勒治”则南军所踞之山名也。鹿克澳夺山、加他奴俄溪，初亦南军壁垒，同治二年，为西一千八百六十三年（西十一月二十五日），北军攻自平野，自朝至暮，胜之（详《图经·兵事》）。画侧有西斯脱者，自言战场将也，言之历历。

南北战争历史油画

寻游“稳文园”，或谓之“吴司园”，略近博物院（非银半圆无以入）。有华盛顿石像刻文（详《图经》）。鲸鱼骨二，交立为门。海象八九尺许，双牙光润亚于象齿。海马海豹之属，以药干之。海狗生畜池中。狮毛黄，高三尺，长五尺。又有虎、豹、熊、鹿、狸、猿、更格卢、狼、狈之类。狈前足五六寸，后足五倍之，骨节外曲，与犬相反，尾长四尺有奇，前后判然两物。有洞壁嵌玻璃，

更格卢鼠所谓狈实为大袋鼠

14,5,12

障水为池，游鳞可数。园之中央有沼，着艇如环，上悬三帆，童子以小桨荡之，则盘旋而行。其石人衣纹毕肖，其油画形影自分；其机转山水附之，飞走如生；其花熏暖室，玻璃四围，入则汗淋淋下；其草翦如茵，而杂花成锦。

归路视九层楼逆旅，彼人言，五大洲客店高莫此若，谓之“巴列斯和退西”，巴列斯云者，宫府也，和退西云者，客店也。高百二十尺，屋千有奇。

十二日　属《馀纪》草。

十三日　属草如昨。游机器肆。

十四日　傅烈秘洋领事导游矿局，晤局长爱兰多。见一试矿新机器，名“福育士”，创自国人哈斯金，八年以前未之有也（详《图经·物产》）。所用煤油谓之“瓦斯多儿”。其试铁法：以二次绿铁水一二滴入水，加安质母宜，矿水变茶褐色；如加费路丹亚内脱，矿水变深蓝色。其试铜法：以铜水加安质母尼，水变青色；再加轻绿酸水，复原色。其试汞法：以矿碘水加二次，绿汞变黄色。有名费祈粉者，色白，和火酒变红。局中有天然金，高一尺有奇，成假山形。有鱼曰波基尼，曰星（详《图经·物产》）。有木如砧，其质石如，其色漆如，据言开矿时所用木也，压久而坚。有日本古铜钟（详《图经·金石》）。又游立库比澳尼亚会，有星石，击之如磬。

机器检验矿石成分

十五日　属《馀纪》草。

十六日　游凯风卫。又游铁库，所谓“歇夫低波治脱利”是也。凡埠中极珍重物皆代藏之，凡四千六百号。

保险柜房

每号门设三重，以二吨铁为之；中设机关，机动则十六柜纽俱开其锁。有表，日以巳初开、酉正闭为常，傥迟早有更，则前一日约准开时，未至其时，无以启也。水火均不克入。守藏铜人十有奇，《环游地球录》所谓最奇铁柜见于赛奇公会总院者，殆此类之具体而微欤！

十七日　游船工厂，傅烈秘等导乘马车至华盛顿石君瓦福。"石君"之言街，"瓦福"之言马头也。厂主爱文燕苏克拖自迓道左。苏克拖其氏，爱文燕其名也。登轮舰行十三里（海里四），至"由祢安爱安瓦库士"，即其船厂名。道光二十八年（千八百四十八）始立，同治九年（千八百七十）增修。创之者二，一名比达，一名日木斯土纳书。光绪九年（千八百八十三）始归于此。前后本银二百万圆，地二十五野格。凡野格云者，犹言亩也，然为二千六百四十方尺。登岸视厥船坞，长四百三十五尺，宽六十二尺，深十九尺，渠水十一尺。其扬水器渠之左右各十有八，名"克莫利那"，压力一寸四方受四百吨。据言此坞已用银七十万圆。厂开五年矣，今为诺维耳修船，其修船之第十也，价银二十万圆，视马力一千二百，载千四百吨。又修商船，名"久因巴希费克"，视马力二千二百，载三千吨。而为合众国造铁甲船，今其第一，拟名"茶列司顿"。长三百尺，入水十九尺，视马力七千五百，其载三千七百三十吨，其速率每时十九诺脱。按"诺脱"译言海里也，合华里五十有六。首锐如鱼，可用以冲铁甲，厚处二寸有奇，紧要处以钢不以铁。其轮轴长五十一

14,5,18

尺，左右各一，其轮叶以铜为之。工始于光绪十三年夏，可成于此后六阅月也。其厂有圜钢造物器，直径三十三尺，围三倍有奇。据厂主言，游历别国，参酌而制，五大洲大莫此若。又有运物器，悬铁钩大于手肱数倍，形如轿车，着于二梁，鸣钟发机，可南可北，而又可东可西。其锥眼机巨细随意，先于钢板画从衡文，文中锥小眼，而器首平处露尖，入之而压，如钻厚纸。其钉，火锻红时安于眼中，以模逼熔如铸。其试铜铁钢器有铁衡，长二尺有奇，悬锤而扁。衡东置机轮，系绳，衡西立分物器。是日以铜条寸许竖之，上下加楔，操纵其绳，则机立动。须臾扁锤渐移而西，铜条亦长逾一寸有奇，而细而断，视厥衡数为万三千磅力。若铁可六万数千，而钢力增。欲知钢铁甲可受若干炮力，非此末繇验之。又造商家铁甲船一，则单轮也，小于荼利司顿。又造二十馀尺小铁甲船一，则好事者为之，然体罔弗具。凡造舟，始图其形，继以木为模，无所取之，取诸精也。归舣轮舟如初。厂主手觞祝曰："此游前未之有，非无裨于中国。"答曰："愿实事求是。"其子罗人斯爱苏克脱送至海关而别。

简要介绍造船工艺

十八日　携翻译偕傅烈秘等游阿利加揣司炮台。乘马车至华盛顿街马头，其营官骨徕拨亦至，同登轮舟。行六里馀（海里二），达阿利加揣司，是三法兰昔斯哥埠东一小岛也，在海水中。泊，岸兵持枪立，四弁握手。上马车行，视大炮二，小炮一十有奇，然多旧式。兵监、医室、食宿所罔弗备。其兵日支麦粉二十二两，可蒸面包三十一两，每食约馀八九两，以备不足。复乘轮船西北行，里如初（海里二）。经莎士里头，亦一小埠。又三里馀（海里一），经地曰南音榜，曰挤倚耳比奇，皆列小炮。复经炮台，曰因羌阿伦。又西南行九里（海里三），经法旁倚，有方炮台，安炮如孔数。又东行里馀（海里半里）白斯低约，亦有炮台，然皆非所经意。细询厥繇，民尽知兵，万一倚炮台为援，工匠四出，月馀立办，盖适用在泥沙，不在砖石也。又南行里馀（海里半里）至法美士（地名），而骨徕拨留餐，出视兵器。导访福厘米斯，译言提督也。名豪稳，见客独以左手握，视其右则无手也。自言南北兵起，中枪割之。伯里玺天德而下，提督分等凡三：一等一人，二等三人（豪稳盖三之一也），三等三人，亲兵千，所辖之兵五千。见其家人，饮中国茶而别。往还约六十里有奇（轮舟行海里十八，马车行一英里有半）。

民尽知兵备战不难

十九日　属《馀纪》草。

二十日　视海滨要隘。

二十一日　属草如前。

二十二日　三法兰昔斯哥埠火者三。电钟一鸣，救火车立至，火不成灾以此。凡报火钟之数，以其地异，闻者不问而知（尾臣及罧罢街数二，士得顿及忌连刮柱街数三，山岑及忌连刮柱街数五，猛金及忌连街数六，乾利及邀寅街数八，抛委路及邀寅街数九，乾利及喀罅宽呢街数十二，付命及步律委街数十三，士得顿及步律委街数十四，企厘及衣士街数十五，帕思域及尾臣街数十六，巴思

报火警钟详数

14,5,23

域及乾利街数十七，积慎及山岑街数十八，爹华士及华盛顿街数十九，企厘及乾利街数二十一，企厘及爹纳街数二十三，企厘及抛喊路街数二十四，华盛顿及都扳街数二十五，企厘及毕达厘街数二十六，猛金及衿尾臣街数二十八，卡罅宽呢及士得顿街数二十九，希力及山岑街数三十一，喀罅宽呢及地槑街数三十二，尾顺及士刁街数三十四，猛金及扁街数三十五，科岑及士刁街数三十六，毕达厘及保树街数三十七，丹杰及第二街数三十八，考话及士卑街数三十九，尖打及尊士街数四十一，加厘及尾臣街数四十二，柯化路及都板街数四十三，柯化路及尊士街数四十五，乾利及石打街数四十六，壹地及铺喊路街数四十八，士得顿及石打街数四十九，科岑及卑厘街数五十一，尾纯及弟付厘杙街数五十二，倾及第三街数五十三，考话及第二街数五十四，罢□寅近第一街数五十六，罢兰仑及第二街数五十七，科岑及第一街数五十八，唐山火船马头数五十九。其数所无曰一、曰十、曰十一、曰二十、曰二十二、曰三十、曰三十三、曰四十、曰四十四、曰五十、曰五十五。止于五十九）。

二十三日　游扳爹毡工厂，华人谓之广英记元利。自咸丰八年始（西千八百五十八）。中有华工，羊毳之精粗，制造之良否，工费之损益，诹度较易（详《图经·考工》）。

二十四日　此西七月四日，即华盛顿自立为美利加合众国日也。其方言谓之弗耳（四）茨（第）倭夫（之）鸠来（详《图经·风俗》）。是日巳正，游兵于埠市，恒例

国庆节日大游行

也。或步或骑，或炮车或火药车，继以救火、开山、伐木之役，下逮授餐杂流，罔弗用开国时衣物。厥意有二：一不忘旧，一以励新。南北战场之馀生，老者、癃者、裂面者、损目割耳者、折肱断脰者，皆得装束而出。以一车载稚女三十有九，其一居中，象合众国也；环坐三十八，象三十八邦也。凡法、德、义诸国入籍之兵，增其国旗别之。队长皮冠，或高二尺有奇，上插红缨，而皮毛则黑白互异。中国爆竹火珠之属，前二夕已有声，未若是日，从朝至暮，厥声未已，约值银二万圆云。而救火电钟鸣十三次。

二十五日　视海狗山。一道火车，其车二舱，其舱列几十有五，其几客二，是一车之客六十也。繇汽机自行车而乘之。行旷野，而海岸，而隧道（约六十馀尺），约华里三十有六（英里十二），至苏独乐园。草茵蔟花，辄与华异。或萼近海棠而叶光，或叶似雁来红而形变，罂粟之花墨，丁香之花黄，皆见所未曾。滨海平台，墙如城雉，有三十六垛，半立泥石人于其上。所谓海狗山者，可俯瞰也。危石三四，怒蹲潮头，海狗昂首上石，厥毛苍黄，前半类犬，喙又类狐，尾宽有歧出形，或曰即后足也。杀海狗者罚有定章。此道火车专为此设，车旋山湾犹闻海狗声也，如呵如哈，不与吠同。

杀海狗者罚有定章

二十六日　属《馀纪》草。

二十七日　访铁道工。

二十八日　属草如前。

二十九日　遇声学家，与之考究。声传一秒时之速

14,6,1

率，视所传而异。如传自空气，约一千一百四十二尺；传自水，约四千九百尺；传自铁，约一万七千五百尺；传自铜，约一万三百七十八尺；传自木，约一万二千至一万六千有差。然则速莫铁若。

声速因介质而不同

六月一日　纂《游历美利加图经·经纬表》，测自中国京都，一如《日本图经》例。

二日　测如昨。

三日　定《中国美利加月朔表》体例，邮致云龙子范冕等，按日排比。

四日　访铁道公司。言及隧道，凡洞岩而出，其高以三十六尺为适用，欲减其高，勿不及于二十六尺也；宽亦如之，欲减其宽，亦勿不及于二十七尺也。

五日　纂《中国美利加较时里差表》。三法兰昔斯哥寅初三刻五分，我京都午正。

六日　纂《美利加图经·寒暖平均表》。

七日　纂《美利加图经·晴雨表》。三法兰昔斯哥雨少，然夜多雾。

八日　搜校《美利加地理图》，游养兵院。

九日　按图如昨。

十日　按图又如昨。

十一日　定《合众国总图》初稿。青田县图石商林氏等五人登岸。先是五人至埠，既无护照（上海及横滨理事有给照权），又鲜同里，欲登不得，遂航檀香山，所携路资银一千五百已罄，复亏千金，以石抵偿。复至乃登。

十二日　游阿路美达之开矿火药引工厂，导游者卫福荣也。携翻译等乘双马车至海岸而上轮舰。初不知车在船中，鼓轮乃觉。汽船朅来凡十，此其一也，名“纽洼”，长二百尺，宽三十尺，载五百二十一吨。每一方寸面约一磅压力。每泊十五分时而开，行十五分时而至，海面十六里有奇（海里五）。复乘马车，行海滨浅道三里有奇（英一里馀），木梁坦甚，有栏，栏外即双铁道，火车如织如飞。离海又行三里有奇（海一里馀）而道迷，问道于华工之解英语者，乃进。途见“木列库”局，译言瓦局也，亦以汽机烧瓦。

雷管厂

又行三里有奇（海一里馀）至其工厂，名维西坦飞屋法克，立于本年春。其地一野格，其房八，其费银万五千圆，其汽罐马力十有八。有机器曰“飞油石”，译言搓药器也。器头出楼上，形如铜碗，盛火药，而底有孔，漏于铜管，接楼下器筒。其线转之筒中，其火药承之筒孔，其机旋转成索，其线别因小轮斜缠索上。又机器曰“拉丙吾”，译言卷缫器也。中置松香油镬，以机拖索一过入器，而裹布条（宽二分许），至再至三，拖裹如初。入上粉机干之，盘五十尺为一围，日成五万尺。其工长名傅兰克耳，为美利加人。其工十二，其赀日支银一圆有半，少者一圆耳。试燃厥引，入水不息。凡矿穴置炸药，以此引之。其端加铜冒，内置炸药六分。厂南七里（英二里馀），又面利柏火药引厂，工器略同。归乘汽船，与来船亦无大异。是游往还航四十里（海里十二有奇），车行十

雷管引燃入水不息

14,6,13

五里（英五里）。

十三日　属《馀纪》草，而腹疾起，食物不化。

十四日　纂《美利加图经·疆域原始》。

十五日　纂如昨，夜分始寐。

十六日　纂《美利加合众国沿革》。

十七日　释疑于美利加人之地理家。

十八日　纂《合众国方里表》，游锯木厂。

十九日　纂《合众国四至八到表》。

二十日　纂《合众国名称归一表》。

二十一日　纂《美利加邦部方类》暨《合众国形势》。

二十二日　纂《合众国都》，游练兵场。

二十三日　纂《合众国通都大邑》。

二十四日　纂《合众国邑表》。

二十五日　纂《海湾表》。

二十六日　纂《海滨杂识》，访测海岸者。

二十七日　纂《岛表》，考岬峡之属于地舆家。

二十八日　纂《美利加图经·山》。

二十九日　纂《合众国地舆杂识》。

三十日　纂《美利加世系表》。欲前游而费未获。

七月一日　纂《美利加副伯理玺天德表》。

二日　至船工厂爱文燕苏克拖宅，访联邦工厂异同。

三日　欲游英属地加纳大，访之英领事，言非纡道至美利加国都向英使索护照，不可游也。游之不克径行 去加拿大须办护照如是。

四日　游沃鲁定（金）格多（门）巴沽（园），译言金门园也，或谓之公家园。其屋中央突起，塔形，而栉比不一，窗与瓦皆玻璃为之。先是毁于煴花火，而士丹福出银三十万圆复之。以叶作花者多，池莲红白，厥瓣锐出。曲径通车，有屋七，其柱带皮，横斜皆任天然，求之西制，所罕见也。丛树荫里古木一段，圆型如砧，平面向外，直径一十八尺，译厥标字，言木历三千七百年而伐，凡高三千八十尺，所存段木裂矣，以钉联之。是游繇自行车而乘火车，往还凡三十六里（英里十二）。

五日　纂《华盛顿传》。

六日　纂《美利加图经·风俗》，游织丝厂。

七日　购视密士昔比河工及游合众国都火车票。其车出南太平洋铁道公司，其长名布拉多，嘉里符尼亚人，一月一察轨工，此其时也。与之偕行，是以餐别一车，仿佛轮舟餐房而小。询以车工，厥值有差，如上等车之最，有房一间堪容四客，外房堪容三十客有奇，值银一万三千圆。其次以一千数百圆为廉，机器一车非九千圆不办也。其止车有空气压力铁筒，盘抵轮间。停车辄视厥轮，有损则易，泄气增油其常也。下车之级四。凡赴合众国都由北路居多，今由南而东，欲视密士昔比河工也。

八日　检点行李。

九日　增铅椠册子。戌初发行李，凡火车上等许携衣物一百五十磅，中下有差，逾此索值，不稍假借。携翻译

14,7,10

等乘轮舟行十五里（海里三），渡海即所谓屋仑也。上火车，戌正展轮，温度仅八十有五，而车发热增，如雷如火，棉衣顿却，隐几竟夕，睫不得交。行十二里（英里四）澳库兰。又五十一里（英里十七，合前廿一）三拔布路。又九里（英里三，合前廿四）苏布兰低。又十五里（英里五，合前廿九）比诺里。又九里（英里三，合前三十二）镇库胜。又十二里（英里四，合前三十六）布土可斯达。又十八里（英里六，合前四十二）马治宜都。又二十四里（英里八，合前五十）卑波因多。又十五里（英里五，合前五十五）根沃耳。又二十四里（英里八，合前六十三）安角库。是日行一百八十有九里，停车场十有一。

行车里程记录故详

十日　单衣汗犹浃背，温度已一百十度矣。非冠非领，不得与餐，迨无礼之苛礼欤。车轩偶阖，气不克畅，当风一辟，惊沙坐飞。而冰水罔有缺，犹幸。又行十五里（英里五，合前六十八）布连多屋，时子初二十七分。又二十七里（英里九，合前七十七）比龙。又十八里（英里六，合前八十三）碧沙宜。又九里（英里三，合前八十六）多拉西。又二十四里（英里八，合前九十四）邦达。又三十三里（英里十一，合前一百有五）拉斯罗布。又九里（英里三，合前一百有八）理本。又十八里（英里六，合前一百十四）沙里达。又三十九里（英里十三，合前一百二十七）莫低斯多。又三十里（英里十，合前一百三十七）达罗库。又四十五里（英里十五，合前一

餐车就餐须正衣冠

百五十二）理文斯屯。又三十里（英里十，合前一百六十二）马斯多。又四十八里（英里十六，合前一百七十八）阿斯龙。又二十一里（英里七，合前一百八十五）马连达。又三十六里（英里十二，合前一百九十七）马低拉。又三十里（英里十，合前二百有七）哈安屯。又二十七里（英里九，合前二百十六）不内色而。又三十三里（英里十一，合前二百二十七）法拉。又三里（英里一，合前二百二十八）金斯拔。又四十二里（英里十四，合前二百四十一）我信。又三十里（英里十，合前二百五十一）主纳。又九十三里（英里三十一，合前二百八十二）低拉诺。自三法兰昔斯哥至斯皆坦途也，然水少，此地一井资以饮者四十五邑。

沿途隧道渐多

过此行两山间，六十里（英里二十，合前三百有二）三拏，而山之分者合。又三十六里（英里十二，合前三百十四）维夺，有隧道一。又二十一里（英里七，合前三百二十一）客林多，有隧道二。又四十五里（英里十五，合前三百三十六）比儿彼理，有隧道六。又十八里（英里六，合前三百四十二）基弥，有隧道九，长者逾四千尺，或出洞中，或越洞顶，盖螺旋蜗折，则崎岖顿忘，而非测斜度之引力难可敌车受之阻力也。又二十四里（英里八，合前三百五十）露布。又六里（英里二，合前三百五十二）低哈差比。又三里（英里一，合前三百六十二）加米龙。又二十七里（英里九，合前三百七十一）摩日布。又三十三里（英里十一，合前三百八十二）路

14,7,11

沙茂。又七十二里（英里二十四，合前四百有六）兰加斯达。又三十三里（英里十一，合前四百十七）阿耳冰。又三十里（英里十，合前四百二十七）阿库屯。又十五里（英里五，合前四百三十二）沙阿斯才土，有隧道四，长短有差。又二十一里（英里七，合前四百三十九）兰。又三十三里（英里十一，合前四百五十）苏客斯。又六里（英里二，合前四百五十二）纽厚耳。又十二里（英里四，合前四百五十六）堂宜耳。又十五里（英里五，合前四百六十一）法南土。又三十里（英里十，合前四百七十一）拔帆苦。又九里（英里三，合前四百七十四）西帕耳比达。又二十四里（英里八，合前四百八十二）罗士安治而。又二十一里（英里七，合前四百八十九）学布。又六里（英里二，合前四百九十一）客布理耳。又九里（英里三，合前四百九十四）沙拔纳。又三里（英里一，合前四百九十五）懋地。又十八里（英里六，合前五百有一）本地。又三十里（英里十，合前五百十一）斯帕土拉。又十二里（英里四，合前五百十五）波莫麻。又十八里（英里六，合前五百二十一）音达里澳。又九里（英里三，合前五百二十四）客客茂沃。又四十八里（英里十六，合前五百四十）哈而丁。又九里（英里三，合前五百四十三）茂土希低。又十二里（英里四，合前五百四十七）布尔库才土。是日行一千四百五十二里，停车场四十六，自三法兰昔斯哥至此千六百四十有一里。日行千里站四十六

十一日　又行二十一里（英里七，合前五百五十四）

衣而白阿司，时子初一十七分。又二十七里（英里九，合前五百六十三）比茂土。又十八里（英里六，合前五百六十九）拔宜。又十八里（英里六，合前五百七十五）加拔送。又二十四里（英里八，合前五百八十三）怀土沃达。又二十四里（英里八，合前五百九十一）希文巴木。又六十三里（英里二十一，合前六百十二）印治沃。又三十九里（英里十三，合前六百二十五）沃达斯。又三十六里（英里十二，合前六百三十七）沙而屯。又四十八里（英里十六，合前六百五十三）副铃库士。又二十四里（英里八，合前六百六十一）士布尔库。又三十里（英里十，合前六百七十一）夫罗林维耳。又三十六里（英里十二，合前六百八十三）麻磨斯当库。又三十三里（英里十一，合前六百九十四）音斯几土。又四十二里（英里十四，合前七百有八）土和林。又十五里（英里五，合前七百十三）加多达斯。又六里（英里二，合前七百十五）澳治而比。又四十八里（英里十六，合前七百三十一）尤马，此犹嘉里符尼亚邦地也，过此入

入亚利桑那州

阿里琐那部界。又十八里（英里六，合前七百三十七）加落比里。又二十四里（英里八，合前七百四十五）几拉西低。又四十八里（英里十六，合前七百六十一）亚屯低。又三十里（英里十，合前七百七十一）达库那。又四十八里（英里十六，合前七百八十七）莫哈布。又十八里（英里六，合前七百九十三）低基沙斯希耳。又三十九里（英里十三，合前八百有六）亚低库。又三十

14,7,12

里（英里十，合前八百十六）斯堂维库。又十五里（英里五，合前八百二十一）千治宜耳。又六十九里（英里十三，合前八百三十四）北因土路库。又四十八里（英里十六，合前八百五十）几拉本土。又二十七里（英里九，合前八百五十九）路斯几。又三十里（英里十，合前八百六十九）野斯土里拉。又二十七里（英里九，合前八百七十八）茂低都马。又二十七里（英里九，合前八百八十七）希东。又十五里（英里五，合前八百九十二）马里哥拔。又三十里（英里十，合前九百有二）西土沃达。又三十三里（英里十一，合前九百十三）加沙沃兰蒂。又三十里（英里十，合前九百二十三）土耳低库。又二十七里（英里九，合前九百三十二）比加葛。又四十二里（英里十四，合前九百四十六）列土路库。又四十五里（英里十五，合前九百六十一）理利土。又三十三里（英里十一，合前九百七十二）日宜土。又十八里（英里六，合前九百七十八）打苦送。又二十一里（英里七，合前九百八十五）威耳磨土。又二十四里（英里八，合前九百九十三）拔拔沃。又三十九里（英里十三，合前一千有六）邦达诺。又三十里（英里十，合前一千一十六）美司加禄。又二十四里（英里八，合前一千二十四）办送。又三十里（英里十，合前一千三十四）沃葛亚。是日行一千四百六十一里，停车场四十有八。自三法兰昔斯哥至此三千一百有二里。

十二日　又行二十七里（英里九，合前一千四十三）

土拉昆山，时交子初。又三十里（英里十，合前一千五十三）客治斯。又三十三里（英里十一，合前一千六十四）维可库司。又二十七里（英里九，合前一千七十三）列路巴斯。又四十五里（英里十五，合前一千八十八）波为。又四十八里（英里十六，合前一千一百有四）杉石茂。又四十二里（英里十四，合前一千一百十八）斯

入新墨西哥州

定斯巴司，此阿理琐那部界也，过此入纽墨西哥部界。又东北行四十五里（英里十五，合前一千一百三十三）比拉美士。又十五里（英里五，合前一千一百三十八）罗士拔。又三十三里（英里十一，合前一千一百四十九）利斯本。又东南行二十七里（英里九，合前一千一百五十八）西坝。又三十三里（英里十一，合前一千一百六十九）维而那。又二十七里（英里九，合前一千一百七十八）格致。又三十三里（英里十一，合前一千一百八十九）久宜司。又十五里（英里五，合前一千一百九十四）笛鸣。又四十二里（英里十四，合前一千二百有八）都宜。又四十五里（英里十五，合前一千二百二十三）昌布列。又四十二里（英里十四，合前一千二百三十七）亚田。又三十六里（英里十二，合前一千二百四十九）阿夫屯。又三十里（英里十，合前一千二百五十九）拉那库。又三十六里（英里十二，合前一千二百七十一）

入得克萨斯州

斯土罗斯，过此入德格瑟斯邦界。又三十里（英里十，合前一千二百八十一）罗瑟斯。又东行十五里（英里五，合前一千二百八十六）叶落怕苏，停车二时，易车而行。

14,7,12

盖察轨之铁道公司长至斯回车也。先是三法兰昔斯哥车发时一联十有三车，渐行渐减，今皆易之。餐必下车，仅十馀分时，从者叹难果腹。申正五十六分行，又三十六里（英里十二，合前一千二百九十八）世斯利达。又九里（英里三，合前一千三百有一）利北拉。又十八里（英里六，合前一千三百有七）三世利沙罗。又十五里（英里五，合前一千三百十二）古土利拉。又九里（英里三，合前一千三百十五）法辨斯。又二十四里（英里八，合前一千三百二十三）理沃柯兰。又五十四里（英里十八，合前一千三百四十）汉柯库。又二十四里（英里八，合前一千三百四十八）麻田。又二十四里（英里八，合前一千三百五十六）冰列。又二十七里（英里九，合前一千三百六十五）美龙。又二十四里（英里八，合前一千三百七十三）野所连。又十二里（英里四，合前一千三百七十七）而拉布兰客。又三十里（英里十，合前一千三百八十七）奥利订。又二十七里（英里九，合前一千三百九十六）多拔托。又二十七里（英里九，合前一千四百有五）达耳拔。又二十七里（英里九，合前一千四百十四）哈斯几耳。又四十八（英里十六，合前一千四百三十）治斯筏。又二十四里（英里八，合前一千四百三十八）文地耳。又二十四里（英里八，合前一千四百四十六）洼连金。又四十八里（英里十六，合前一千四百六十二）梁。又五十七里（英里十九，合前一千四百八十一）马法（时已亥正五十分）。是日行一千三百八十里，停车场四十五，自三法兰昔斯哥至此四千四百七十里。

十三日　又行四十二里（英里十四，合前一千四百九十五）碧沙诺，时子初二十二分。又二十四里（英里八，合前一千五百有三）德而仍忒。又十五里（英里五，合前一千五百有八）麻比斯维里。又十八里（英里六，合前一千五百十四）萨路比。又三十里（英里十，合前一千五百二十四）阿路治拉。又四十八里（英里十六，合前一千五百四十）麻拉送。又二十七里（英里九，合前一千五百四十九）洼维苦。又二十一里（英里七，合前一千五百五十六）赫茂。又二十四里（英里六，合前一千五百六十二）第拔。又十八里（英里六，合前一千五百六十八）麻送斯布林。又二十四里（英里八，合前一千五百七十六）路先飞鲁。又二十四里（英里八，合前一千五百八十四）龙飞路。又二十四里（英里八，合前一千五百九十二）野马送。又二十七里（英里九，合前一千六百有一）三达送。又四十二里（英里十四，合前一千六百十五）野耳士立治。又二十一里（英里七，合前一千六百二十二）土雷田。又二十一里（英里七，合前一千六百二十九）沙斯屯。又四十八里（英里十六，合前一千六百四十五）路绮沙。又二十七里（英里九，合前一千六百五十四）沙美珥。又六十里（英里二十，合前一千六百七十四）蓝士理。又三十三里（英里十一，合前一千六百八十五）上拉。又三十里（英里十，合前一千六百九十有五）边低土给博，其间有隧道二，一长

14,7,13

英一里馀有误

三里（英里一），一长一里有四分里之一（英一里馀），相去仅二十尺（辰初过之）。又二十四里（英里八，合前一千七百有三）夫来忒。又三十三里（英里十一，合前一千七百十四）昆斯土库。又三十里（英里十，合前一千七百二十四）费列。又三十三里（英里十一，合前一千七百三十五）低维耳穿。又十八里（英里六，合前一千七百四十一）马地生。又二十四里（英里八，合前一千七百四十九）德矮洛而。又二十七里（英里九，合前一千七百五十八）绒斯屯。又四十二里（英里十四，合前一千七百七十二）宜维耳。又四十二里（英里十四，合前一千七百八十六）斯波法土。又五十一里（英里十七，合前一千八百有三）洼耳土。又十八里（英里六，合前一千八百有九）古领。又三十六里（英里十二，合前一千八百二十一）纽我昔司。又十五里（英里五，合前一千八百二十六）尤八路畜。又三十三里（英里十一，合前一千八百三十七）加多飞。又三十三里（英里十一，合前一千八百四十八）沙比那耳。又三十九里（英里十三，合前一千八百六十一）土哈宜斯。又二十七里（英里九，合前一千八百七十）汉土。又二十七里（英里九，合前一千八百七十九）当列。又四十五里（英里十五，合前一千八百九十四）拉可斯低。又廿一里（英里七，合前一千九百有一）麻库土那。又五十四里（英里十八，合前一千九百十九）三安土吕。又三十九里（英里十三，合前一千九百三十二）昆拔斯。又三十六里（英里十二，合前一千九百四十四）马绒。又三十六里（英里十二，合前一千九百五十六）西元。又二十七里（英里九，合前一千九百六十五）金斯拔列。又三十六里（英里十二，合前一千九百七十七）路林。又二十七（英里九，合前一千九百八十六）哈吴土。又三十九里（英里十三，合前一千九百九十九）维耳达。又三十九里（英里十三，合前二千一十二）福拉土宜阿。又十八里（英里六，合前二千十八）原治耳。又十八里（英里六，合前二千二十四）斯可连拔。又二十七里（英里九，合前二千三十三）维麻。又十八里（英里六，合前二千三十九）拔田。又二十一里（英里七，合前二千四十六）库利田，又九里（英里三，合前二千四十九）科仑拔斯。又九里（英里三，合前二千五十二）司墨司。又三里（英里一，合前二千五十三）阿列屯。又十八里（英里六，合前二千五十九）兰西。又十八里（英里六，合前二千六十五）以苦路累。又二十一里（英里七，合前二千七十二）纽费里地。又三十里（英里十，合前二千八十二）以斯土拔那。是日行一千七百七十六里，停车场六十三。自三法兰昔斯哥至此六千二百四十六里。

年前曾有匪徒劫车

途间向夕，东南电掣墨云，游美利加国之见电始此。车中人言：一年半前，邦之匪人于斯劫车。外枪一发，内应四出，初不辨孰客孰匪也。戕其客官二，多伤者。虽禽治不移时，行者不无戒心。盖德格瑟斯境内铁道罔非短草黄沙；丛生若蕉，挺出若树，皆仙人掌也，印甸人渴即剖

14,7,14

其实饮之。初鲜镇市，然后此车至力通，难以今概。

十四日　又行二十七里（英里九，合前二千九十一）郎登，时子初九分，又二十一里（英里七，合前二千九十八）路先拔。又九里（英里三，合前二千一百有一）立致猛。又二十一里（英里七，合前二千一百有八）卧克。又十八里（英里六，合前二千一百十四）斯他法。又三十三里（英里十一，合前二千一百二十五）比西。又三十里（英里十，合前二千一百三十五）好司顿。又四十八里（英里十六，合前二千一百五十一）西路田。又十二里（英里四，合前二千一百五十五）嘎拉司比。又四十五里（英里十五，合前二千一百七十）低屯。又十八里（英里六，合前二千一百七十六）利北而斯屯。又三十六里（英里十二，合前二千一百八十八）低拔斯。又三十里（英里十，合前二千一百九十八）斯洼列。又六十里（英里二十，合前二千二百十八）比茂。又三十里（英里十，合前二千二百二十八）低理。又三十三里（英里十一，合前二千二百三十九）沃连怡。又三十三里（英里十一，合前二千二百五十）西粉。又三十里（英里十，合前二千二百六十）野土沃列。又四十五里（英里十五，合前二千二百七十五）西湖加列。又九里（英里三，合前二千二百七十八）累茶列斯。又三十三里（英里十一，合前二千二百八十九）爱呵洼。又三十六里（英里十二，合前二千三百有一）雉而治。又三里（英里一，合前二千三百有二）日宜库。又四十二里（英里十 全程照抄里程时刻四，合前二千三百十六）麻缅酒。又三十九里（英里十三，合前二千三百二十九）库路列。又二十一里（英里七，合前二千三百三十六）列因。又三十里（英里十，合前二千三百四十六）斯格多。又十八里（英里六，合前二千三百五十二）拉飞治。又三十三里（英里十一，合前二千三百六十三）给士。又二十四里（英里八，合前二千三百七十一）纽以拔利。又六十里（英里二十，合前二千三百九十一）波士运。又十二里（英里四，合前二千三百九十五）夫来音哥另。又四十二里（英里十四，合前二千四百有九）拔达送维里。又十八里（英里六，合前二千四百十五）拔维库。又三里（英里一，合前二千四百十六）磨昆。又七十五里（英里二十五，合前二千四百四十一）斯苦利拔。又九里（英里三，合前二千四百四十四）地司阿列旁。又一百五十三里（英里五十一，合前二千四百九十五）亚而几亚。又三里（英里一，合前二千四百九十六）纽阿林。英有地名阿林，此谓之纽，犹言新也。盖入鲁西阿纳邦界已七百馀里（英二百馀），在邦治别东路之东南。是日行一千二百四十二里，停车场三十有九，自三法兰昔斯哥至此七千四百八十八里。向例以申初三十五分为限，而到时已申正三十分矣。

入路易斯安那州

寻乘轮船渡密士昔比河，河面三里有奇（英一里馀），船与三法兰昔斯哥相似，而舱间亦有轨道，直与铁道相接。既泊，以行李付运物车，而自乘车投逆旅曰“先多茶列斯”。其厅铺地皆云石也，电灯累累如白茄。

14,7,15

就案书名，即呼波伊携钥指屋。“波伊”云者，犹言仆役也（有黑奴，有白人）。从者皆云甚矣惫，面黧目赤，唇裂腹枵。而屋绝点埃，榻支半帐（帐从旁门入，上敛下移），黑奴手一磁盆，盛清凉水浣面，顿爽。遂检美利加外务省许视河工之书，翻译加函，分致厥官，多避暑未回。积倦而卧，双睫一交，犹觉簸如震如，身在轮铁风日中也。

旅途疲惫 唇裂腹枵

中途目击牛马或狼籍栏左，木根半露，板屋四欹。问知前二日烈风雷雨，无虑八百一十里（英里二百七十）。覆煤舰二十有七，人畜遇之辄损，所损物值银二百五十万圆。无怪车场电杆非中伤即交倚也。此数十年未见之灾，或曰游早二日将毋危？

龙卷风过 满目疮痍

十五日　冒雨乘马车访海关官热那斯。坐中有电气扇，铜叶径尺，凉飔顿生。据言此地岁税无虑五十万，虽逊纽约，而实为合众国之第二也。导登屋顶，步马口铁东望，河流如带，即所谓密士昔比者是。问工，则曰有治河长，召之即至，偕游河工署。其署分自棉花公司。遂乘机梯自上层楼，视河工分图，随叩随鸣，惜翻译汗出如雨，未克一一讲求也。订明日同履河堤之约而退。寻游医学校，其长名苏列，其生三百二十有五，其陈列诸骸无间人禽。此外大校二，小校七，莫遑遍视。归又雨如注，向晚雷，游美利加之闻雷始此。

十六日　天将明，起，乘马车如约，与河官等历视密士昔比河畔，问源穷流。复览所谓坚堤者，或受急湍，或

防洪善策 抵沙湾，亦惟是立桩障板，编柳杂石焉耳。问别有善策乎？曰，若减宽，若去曲，若浚中，若疏口，是其著效者。此次雨不决河，亦未始非筑堤之大验。一言以蔽之，曰实。云龙于是述《密士昔比河工说》，载之《游历美利加图经》。

未正归店，疲不堪言。从者皆欲且息，而房一榻之宿五金，一饭之饱二金，一马车之往还十金，一客来之酒茗果食又辄数金，囊且罄矣。于是申初强起，即携翻译等乘火车，行九十里（英里三十）墨西哥湾水歧，入纽阿林西北，而铁轨以桥为道，飞车过之。夹道渐多长松。出鲁西阿纳邦界，又入密士昔比邦界六百三十里（英里二百一十）。

囊中羞涩 不敢久留

十七日　入阿拉巴麻邦，行千二百里（英里四百）出界。又入若耳治尼亚邦，行三百三十里（英里一百一十）出界。又入叟司喀尔勒那邦，行二百七十里（英里九百）出界。是日于阿多兰达见豕，犬首狼尾，其耳立。叟司喀尔勒那邦土色多赤，厥木多松，厥土宜棉蔗。

十八日　又入诺斯喀尔勒那邦，行一百八十里（英里六十）出界，又入勿尔治尼亚邦，行二百七十里（英里九十）出界。又二百一十里（英里七十）至华盛顿都科伦布亚，时交辰初。自三法兰昔斯哥至此凡一万有六百六十八里（英里三千五百五十六）。虽然，轨道有交有让有分支，车程之伸缩，视公司异同，难可以彼例此，云龙就所行言也。

至华盛顿

14,7,19

游历美利加图经馀纪前编下

花翎二品衔、直隶即补道、总办北洋机器局、前游历使臣傅云龙述：

十九日　徐代办使商定游历事。

二十日　游议院，是合众国立法处，院分上下。议长皆居中高坐，馀则层坐围向之。高楼听议，男女罔有或阻。面议长者，别国使臣，以次坐也。是日人约数百。上院议南党多黑奴，举伯理玺天德未若北党之实。下院议整饬水陆诸军，听者鼓掌，或离坐私语，议长以木拍案，盖逊上院之严肃矣。其院上左下右，其间高屋顶圆而锐，中绘人物。第三层望如镌石，实亦画也。别有圆屋，环立石人。厥地铺石，如中国方砖形，黑白相间。司事者导立某石自语，而音如出石。又导二三人分立某某石，一人语，而音如分出人人所立石。或者奇之，云龙曰：殆圆壁敛声欤？有通物理学者曰然。又游公家博物院，有中国磁器，

旁听议院男女无阻

云购自税务司赫德，然明元磁赝。归路视华盛顿记功碑，以石砌成，其高五百五十二尺，其体四方，其首四削而锐，其上四面八窗（面各二窗），其下有门，可螺旋上。

二十一日　徐代办使偕往“列司台德”（或译列巴多门多呵夫士迭多），译言外部，其长称塞格雷达（或译塞古理答宜），犹言伯理玺天德参赞也，名巴夏，言伯理玺天德愿见游历使，以中国八月朔为期，盖避暑即回也。

总统预约接见

凡访官商，翻译名刺得随投之，独访外部不投翻译名刺。若宴，外部长未出，别国使罔或先行，殆重之欤？然治事多琐屑，即一商出境，罔弗亲签护照。兵部、海军部与外部署中分外合，毋亦谓玉帛或穷，干戈相为倚伏欤？时陆军长卒，议院石柱围青布一幅，亦识素也。

访秘鲁使飞加拉、英使威使德、日斯巴尼亚使模卢活嘉，或见或左，所需游历护照亦或给或否。见朝鲜使朴定扬（其书记李长荣、李商在，随使姜进熙、李宪用曾同舟于日本），参赞未至。凡中西使有参赞，日本使有书记，朝鲜则兼效东西。

养老兵院

二十二日　许随使导游养老兵院，去使馆十五里（英里五）。先是休息南北战兵之老且瘾者，岁汰亦得与焉。地约三里（英里许），厥屋有增。卉底辟轩，木下卧几。优游此间兵且七百。

二十三日　游工厂。

二十四日　游“华盛顿阜多”，译言华盛顿炮台也。乘伯格马车（无障，以细铁柱支顶帐），二十七里（英里

14,7,25

九）至“奢文石多理多”，译言第七衔，即轮舟马头也。登舟溯葡萄墨河，亦谓之婆多麦河。行一百五十里（英里五十）至叶拔（河也）飞由（景致也）。曲桥起伏五六，铁轨盘旋，无所取之，取诸游也。小车四轮，如榻如栏，横板七八，云龙初不知其若飞也，坐第一板。厥机一发，驰轨上下，耳边生风，渴骥之奔未遑多让，况瘁筋力为之一舒。 坐过山车

饭后呼艇二，彼人坐荡双桨，无异华人，须臾微风出岸木，恍行馀不溪湾也。六里馀（英二里馀）泊华盛顿炮台，砖石为之，据戍者言，此其躬定，故名。同治十一年后（千八百七十二）无所用之，南北兵战于四十五里外（英十五里外）少戒严也。今存旧炮一百一十，视之。将归而大雨倾盆，避之台畔，雨止即步入艇，未几日出，炙背如火。寻登轮舟，申正展轮，酉初三十分易车而归。是日往返舟行三百一十有三里，车行五十四里，步行六里。

二十五日　访图籍书坊，不如纽约。

二十六日　游练兵场。

二十七日　至外部得游英属地加纳大护照。

二十八日　徐代办使导游合众国户部印纸局（详《图经·考工》），其局长吴列布士出视伯理玺天德像，盖局工镂之钢板而印者也。归晡，冒雨游拍登阿夫斯。其“拍登”孰谓？谓器式也；其“阿夫斯”孰谓？谓公所也。此属巴敦特（或译和木迭拔多绵多），译言工部也， 专利局

亦谓之内部。凡自出心裁、不由剿袭、不落窠臼、有用于世者，则给文凭，许专利若干年；否则却之。此机轴之渊薮，亦艺苑之生面也。傥获宽以岁月，相观而善，视潜悟为何如耶？其长达利西苦列他往，其副马耳多仑令其属偕览，罔有阻。其地五色磁，如毯如锦；其上盖玻璃瓦；其层楼并器橱成行。其器式，枪炮舟车与夫装饰细物，罔弗新益求新；其农具，《环游地球录》所谓无从记载者，皆堪目治。即如扬糠器之与华暗符，播种器之无畜无纵，收获机之不劳不滞，薙草器之随行随得（详《图经·考工》），曾于司事哈洼道处见图。

专利产品新益求新

二十九日　游野襄雅耳昆公司，是修水雷者，在蚁史忒石多理多，译言东街，然司事所居非鸠工之肆也。公司中人哥理登（一译古列冻）言，去年创造空气水雷炮，堪洞一尺四寸厚之钢板。今于纽约之山答阜多厂造四水雷，皆带撞船，每船炮四，其炮后膛，受一千二百磅开花子，以机引入空气，一二分时即发。自言水雷胜前者四：不见烟，一也；首锐而坚可冲敌，二也；近敌堪行水中，三也；容二十人，四也。厥功未蒇。

又游公印书处，其长白勒宜古多，答问不厌。初视铅字集印，无异常处；次视单印机，亦与上海日本略同，然篇幅大而器亦精，一器辄值银三千五百圆。继视双印机，则见所未曾。它机一女工坐置纸张，此用不断之纸，宽四尺有奇，长二里有奇，置之机中，不须人司也。凡西书一纸分印两面，此印一面即自转下轮，印其背面，自截而

轮转印刷机

14,8,1

出。一印四纸，一纸为十六叶，是一印得六十四叶矣！其器值银二万二千圆。又一双印机器，将纸卷置之机上，前后二轴各嵌圆铅板三十有二，如瓦列为四行，行各四板，则一印亦六十四叶，捷莫捷于此矣！其器值银一万五千圆。其铸书板法有三：一曰泥模。泥有三种，曰苦雷，曰被沃林，皆白色；库拉史拉，黄色。调之匀之，以铁抹于钢板，以阴文铜板印之，至再至三即成。二曰纸模。湿纸铺之阴文板面如拓金石，层层湿纸再拓再加入之，压机烘之，蒸气旋拓旋烘，应手而成。此二模者，板皆铅铸，以铜镀之，即纸模亦用二十馀次。三曰蜡模。倾蜡于钢板上，以钢镌字模压之，点画极深。刀削浮蜡，微烘一过，濯之硝强铜水，即成红铜形，再入电气水，移时成薄铜片。然非附铅于背，可印而不可久。此皆云龙躬历目验，不日成之者。

有折书机，一女工铺纸扬机，自入机轴，折之再转，再折，自置机下。有印书面金字机，贴金入机即压即字。装订机械 有截书器，四面旋截，如臂使指。有订书机，以书就机，一着一册，铜丝一如穿线，而丝端不露，自蟠孔内矣。所恃以运机者气罐，异于印纸局，彼卧此立，居一屋地，视马力一百有五，一日需煤九吨。而书成就束之压器，独藉水力。凡男女工二千二百五十，日用纸二十吨。所印农书岁以四十万部为率，务农之意从可知已。据言曾印纽约海关书，一册重百七十七磅。

八月一日　偕徐代办使见伯理玺天德如约。申正乘马

白宫 车至槐得好司，译言白屋也，白垩涂垣，故名（详《图经·合众国都》）。速客者导入寝屋外书舍，伯理玺天德出，握手为礼，围坐。云龙言：懔遵朝谕，游历至斯。伯理玺天德言：至自文物大国，固所愿见。问来程去路，答之。复言：官兵部耶？惜兵无奇制堪供游目，欲游何处，罔有或阻。酬答数四，起辞，伯理玺天德握手言再见，归。

拜见总统酬答数四

饭后至“阿尔美”，译言兵部也。代理长言无相隐，遣其属吏导视诸图，一为嘉庆二年（千七百九十七）创设兵部于费纳的费牙图，一为各营分戍图。历任部长皆有油画像，第一层楼藏书亦富，兵事居多。机梯上下有铜扇机。又至“内威”，译言海军部也。厥长避暑未回。

二日 朝鲜姜进熙来笔谭，能作指头书，工铁笔，求叙印谱。

三日 检点行李，而雨未已。从者告假一日，遂以初五日为出游期。

四日 乘马车行十二里（英里四）观营房，是其最先者也。又半里（英六分里之一）至阿林登，中间过一铁桥，长数百尺，盖跨葡萄墨河也，雨后泥滑，而辙鲜凹凸。其地为兵骨薮，先是南北兵起，南将李有其地，兵靖，公之。有石砌方茔，宽数尺，高倍之。译其镌字：藏战场骨二千一百一十有一，修于西一千八百八十六年。时光绪十二年也。李言南北之战始终厥役，愿葬于斯，后如其言。其厅，檐、园柱，砖石为之；其囿，围廊如环，非

谒阿灵顿国家公墓

14,8,5

柱非壁，亦石亦砖；其上架木，距不盈尺；朱藤、葡萄而外，干叶杂花多不知名，悬兰辄以木为盆（曲木为盆，铁丝为底）。行自三法兰昔斯哥以来，竹十数竿（如中国所谓京竹者）独见此耳。老兵云移自南阿美利加。

五日　申正携翻译等乘马车至火车头。汽轮既展，道出水师马头，过火药湖，湖水无波，中央一道填实，非架空也。将至玛理兰邦之波治磨，穿隧道二，煤烟不得散，虽车轩四阖，犹扑鼻也。既至又过隧道一，经费纳的费牙，是宾夕法尼亚大埠，适为餐时。餐自有车（每顿客各银一圆），独纽约车道然也。它道间食车中，厥值昂甚，下车食又匆甚。又行，经突连登，是为纽折尔西邦会城。又行渡乞臣河，亦谓之赫逊河，或谓之赫臣河。而至纽约时亥正矣，凡七百有二里（其国都至费纳的费牙一百三十四里，又至纽约百里，凡英里二百三十四）。

六日　见同文馆总教习丁韪良子牛尔，为产律科司事，虽非官立，然纽约房土受授，此其总汇。本银五十万圆，长一，副二，有印字小机器。牛尔邀往厥家，以未遑辞。 丁韪良子房地局长

七日　视演炮如约。先是炮工厂长一名汉屯，一名汉奇，是党判南北兵分于昔而工合于今者也。约视炮至再，且言炮出新制，非陈陈相因比，亦非取人所弃比，至是行与之俱。辰正乘马车七里有半（英二里半）税驾，于南摆渡上汽轮舰，行三里馀（海里一）泊总督岛，亦炮台也。虽合众国都陆军地，其境则在纽约。旧炮四十有奇，

海里三十疑误

兵百。晤兵官麻库费耳脱，亦欲同游，于是登舰行六十九里（海里三十）经拉罗拔塞吉当海湾，最狭处两岸炮台相望。南有空台，炮一。又行三里馀（海里一）过养病院，凡航海不能无恙则留。过此风涛数倍，舟轻不翅一叶矣。有警钟，有浮标立标。又行三十九里（海里十三）泊三地虎捕炮台，时交午正。饭后历视厥炮，非仍旧贯即未新修也，而导游者曰重不在此，克林炮可五发者犹旧制也。有空气大炮，于同治二年（千八百六十三）造自干捏底嘎夺邦之文特亨姆，长二十尺有奇，中径一尺三寸，重四十四吨，用弹一百二十磅，值银二万九千圆。炮架亦藉空气压力，旋转自如，值银一万三千圆。取空气之机器车，一管引蒸汽，二管受空气，值银一千三百圆。

炮台演习实弹发射

是日所演则臼炮也，半年前造自马沙朱色士邦波士登，即导游者厂也，其厂曰叟波士登爱安洼苦士，重四十吨，弹重一百一十五磅，火药六十五磅，表线扬六十度，连发二次，速高如率，值银一万三千圆。又发陆路钢炮三，每发用药三磅有半，弹到四里外（海一里馀），海水跃高十数尺。其屋电机粘铜，炮发则落。乘轮舰归，往航岸南，还航岸北，无甚径庭也。往还舟车凡二百四十五里（有英里有海里）。

八日　辰正十八分乘汽轮快车游宾夕佛尼亚邦之费纳的费牙，午初至止，约二百七十里（英里九十）易马车行三里（英一里）游茶利司苦良布造船厂，视未成之铁甲船，拟名“拉得摩”，厂主苦良布以其犹子导游。复乘

14,8,9

火车游路色恩忒（或译来司唐），亦宾夕佛尼亚邦地也，有钢铁工厂曰“美治拔耳司治珥”，距费纳的费牙十九里有奇（英六里有半）。展轮在未正十五分，中途易马车，至已未正二十五分。戌正乘车投拉费知福泰耳（福泰耳译言店也），在费纳的费牙之白露吐街。是日行二百九十四里。

九日 游费纳的费牙华盛顿故居，名“瞒脱飞铃”，在宾夕佛尼亚邦都南一百三十五里（英里四十五），当葡萄墨河之西。邦人思厥遗爱，下逮妇孺，皆出己银葺之。 华盛顿故居

又游绘画石刻院，即百年赛奇会五院之一（四院已改），当门石磴立一铜人，手按一书。入门有楼四五，有园時花，街衢四通。日以巳初，罗列旧物，云龙以游铁工厂有约，莫遑少安，恐误火车也。厂在“纳而司黑姆顿”（或译白司列狠），距费纳的费牙百八十三里（英里六十一）。火车约行半时四十分。巳初展轮，所历隧道曰“三吉当”、曰“苦良布”，长短有差。停轮车场，易以马车，至厂已午初矣。铁轨之铸以此为最（详《图经·考工》）。

又游钢工场曰“密多拔耳”，其钢每磅值银一角，其铁每十磅值银二角五分。导游者腹枵，偕饭于八层楼高处，约一百四十尺许，其店名“钵耳拔林”，在“福士飞奇”，译言第四街也。餐房三百五十，巨伞翳日，机梯不阶而升也。寻驭车于车场，酉初三十分开车，行一百九十五里（英里六十五）至勿尔治尼亚渡，寻乘马车而上轮舟。泊岸车行，至纽约亥初矣。是日舟车积程四百里 电梯

有奇。

十日　乘马车行九里（英里三）游仙濯拔克。译者曰，“仙濯”之言中央，“拔”之言大园也，“克”语助词也。费出有恒产者，公立，非私有也。有渠有阁，有廊，有石亭，有卉，有丛木，有帆艇十数，才容稚子。有绿几三五，坐卧游人。有海虎海狮之属，畜之曲沼。有纪念石幢，移自埃及（详《图经·金石》）。

纽约中央公园

又行十里有半（英三里半）过铁线桥，彼人谓之怀崖布理厨，既于东河造铁桥，复于对面海埠所谓布绿连者以铁线悬桥，长三千四百七十五尺，高一百三十五尺，宽八十尺有奇，首尾以径尺六寸铁缆数条系之，谓细丝合纠之缆胜于巨条自成之链多矣。以方寸计，可胜十六万磅之重云。

悬索桥

纽约火车飞行空际，与英伦敦之轮行地下相为对待，未游时已耳治之（应游历试已曾述及），然未目治，终嫌惚恍。是夜自第六横街拾级而上铁道，乘车行至百五十六横街。每过一街，辄停须臾，凡上者下者、易票者、扶出醉者、争论者，皆其时也。其道自下观之若回廊，初立双柱，今以一柱支横木中，非测量左右不偏不倚，无以臻此间。承铁盘宽不逮丈，而长倍之。其轨往复交互，而预留相让地。其车驾马，客位或纵列窗下，或横置短几，以容四五十人为常。其车轩高与市楼三四层齐，俯瞰煤檠若星，电灯若月，虽然行空，与行地无异。曩闻悬车之目，失厥谊矣。横街轨道此类有三：一达一百五十有二，一达

高架铁路

14,8,11

一百五十有八，一达一百六十有六。按纽约埠市形长，而街作田字形，纵大街一十有一，横小街一百九十有八，而自八始，无一至七横街也。

寻游蜡人院。入门左置收钞案，侧立一人逼真，视之，蜡其貌也。一稚女鞠躬着履，老者待之，其右数人立视壁字。又进，则坐罗马教皇与别国君。其它卧者倚者、笑者泣者、掀髯者、拊掌者、握算者、簪铅者、佩剑者、诊疾者、对饮者、鼓乐者，又进则若耳语、若假寐、若惊刺、若斗兽、若老吏断狱、若战马溅血，罔弗惟妙惟肖，而形神无一似者，独华人像五耳。行当凹镜，自形矮人。楼列万国影图，我京都俨然在目也。一室坳甚，稚子坐侧，索钱乃入。一虬髯木偶坐案，能举手与人对着且拾，所谓“且拾”者，与中国象棋略近。或与之校，辄不克胜。或曰：其棋以机动，以谱胜也。一媪坐侧。又一层楼，油画居多，以机梯上。是日往还行百一十里有奇。

蜡偶与人对弈

十一日　游纽约工厂。

十二日　倩美利加人剃发，用胰不用水也。索银半圆，而不克梳辫。午后游救火公司，名“符库拉达”，盖以车名，立于同治四年（千八百六十五）。车长五十五尺，第一层梯以链系一辘轳，其轮卧置车前，机轮则梯立，引而伸之，再接一梯，可高八十五尺。又有蜈蚣梯四，其直木径二寸许，铁皮夹之，长十尺有奇，横木排之，其梯首有铁钩，可钩之屋上，此即拉达之谓。登者腰系铁环，可连之梯间，此即符库之谓，再接再上视此。凡马三，官二，夫十，其值银三千八百圆。别一车名“呵达达洼”，译言水筒如塔也。车后置铁筒，如空气炮形，三段相续，约长五十五尺。筒端接树胶筒，其口铜，可曲而上也。筒座机活，左右轩轾罔弗如意；有副筒二，欲其助未逮也。人马如前车，值银四千五百圆。凡警电无市无匣，启匣之钥非别以小钥离之，则匣虽启，而钥不自出也。其电达车房则钟鸣，系马之链自脱，马跃就车，一人乘，一人辔，一人手绳。闻钟历五秒时则车出矣。夜闻电钟，则卧楼者板立而靴裤着体，抱铜柱而下（楼门如桶，中立铜柱八九寸许）。它车亦如之。

机车救火火不成灾

又游十四街之“眼认”公司，译言器械救火也。以胶筒车随器械车出，一车二马，其器用铜，其炉蘸油燃柴则机转。其筒接市面水管，复分接胶筒于器孔，吸水四飞，其用不竭。车后一铜球大如盆，取匀压力也。未试车二亦如之。据言马值银三百圆耳，而驯马之资相埒。火不成灾，其以是夫！

十三日　申初携翻译等乘火车行自纽约，渡干捏底嘎夺河，出干捏底嘎夺邦境，入马沙朱色士邦界。乌驶西下，飞轮自东，车达波士顿已亥初矣，是马沙朱色士邦治，亦一著名海埠商鹄，亦工薮也。计自纽约至此五百四十三里（英里一百八十一）。遂投逆旅曰马沙色倚多，一饭一宿一马车，辄论金一十有奇，矧日复一日、人非一人耶！

十四日　游炮工厂，曰“叟波士登爱安洼苦士”，前

14,8,14

此视演臼炮即铸自此。遇导游之汉夺，先视空气炮图，而木式，而泥模，而熔铁，而铸炮，历历研究（详《图经·考工》）。

又游铅工厂，曰茶吐维苦列士洼库（详《图经·考工》），在哈街一百七十六号。其铅百磅值银五圆八角，其厂屋六层有如塔者，高百五十尺，可以瞭远。东多工肆，筒烟四起，南港与喀罗司河相掩映，西峙保险公司，楼高二百尺，邮局与邻，遥见炮台二。北望六里外（英里二）拔客希耳纪功碑高二百二十尺。是厂楼中有印纸局，被火，而寄印于斯。视厥印机每秒转二千六百次，值银七百圆。字板形如筒瓦，而大倍之，造自是厂云。

又乘马车上汽轮舰，渡波士登港六里有奇（海里二），舰长二百五十尺，汽机视马力二百。泊岸车行里馀（英半里）游陶工厂（亦曰烧泥工厂），曰"罗士泰儿洼苦替耳西"（详《图经·考工》）。厂主罗求留游者名，为署英文，而曰愿得汉字，岂非孔道溢洋之机欤！ 厂主愿得汉字留名

临歧投一砖，有伯理玺天德像隐起如画，遂以照影答之。

归寓啖面包，难可下咽。时将申初，匆匆检行李升火车，发自波士登，行二百九十四里（英里九十八），戌正至士伯林飞耳，亦马沙朱色士邦境也。厥土宜农，虽秋亦春，"士伯林"之言春也，"飞耳"之言田也。投逆旅曰"布良司维库"。其地华人三千，学校罔有缺，以短枪工著名。

十五日　游短枪工厂，曰“士米史阿多维宋”，在士得地街（详《图经·考工》）。又游官枪工厂，曰“由内低土底阿真阿”，在伯里土路街。先至支厂，曰“瓦打黍布”，在我那士街，此藉水力者也，粗工聚艺于斯。课工长邀至所居，啖园中葡萄三种：一绿而长，一紫而巨，一紫而细。时工授餐，于是云龙先游火车工厂而复游此（详《图经·考工》）。归饭，戌正升火车而行，而英属地加纳大之游始此。

14,8,16

游历英属地加纳大图经馀纪

花翎二品衔、直隶即补道、总办北洋机器局、前游历使臣傅云龙述：

云龙游时之久暂，未尝不视历地之广狭。若加纳大，大于英三岛者三倍，而游时最暂，无它，一限于时，一限于费也。虽然，天之经纬，地之沿革，兵制之异同，商舶之出入，工肆之良窳，农务之进退，渔猎之损益，学校之大小，疆吏议绅之党伐，翁打里约、贵璧之险要，罔弗以见证闻，撮厥纲领。而吴尔富凛凛有生气，尤于贵璧低回不置云。且南冰洋于游巴西道中极之，而北冰洋则于加纳大北境近之。述《游历英属地加纳大图经馀纪》。

加拿大游时间最短

八月十六日　巳正三十分至加纳大之梦夺里耳。先是十五日戌正，火车发自士伯林飞耳（去纽约直径仅英里一百三十六，合华里四百有八）。行九里（英里三）停知柯比。戌正十八分又十五里（英里五，合前八）停哈理基。戌正二十一分又二十一里（英里七，合前十五）停孟多堂。戌正三十八分又六里（英里二，合前十七）停诺三布屯。戌正五十九分又三十三里（英里十一，合前二十八）停叟达费托。亥初一十七分又二十四里（英里八，合前三十六）停客林费托。亥初四十五分又四十二里（英里十四，合前五十）停叟洼农，过此出马沙朱色士邦界。亥正十分又三十里（英里十，合前六十）停布拉多而勃其，入洼蒙邦界始此。亥正二十六分又二十七里（英里九，合前六十九）停拔多宜。亥正四十七分又三十三里（英里十一，合前八十）停威士特名司达。亥正五十七分又十二里（英里四，合前八十四）停秘鲁司法耳。十六日子初十五分又二十四里（英里八，合前九十二）停茶利司顿。子初三十八分又三十里（英里十，合前百有二）停客理雅茂。子初五十五分又二十四里（英里八，合前百一十）停文多叟。子正又四十二里（英里十四，合前百二十四）停怀多里拔。丑正二十五分又百二十里（英里四十，合前百六十四）停维司里拔。寅初十五分又六十三里（英里二十一，合前百八十五）停先多约翰。卯初十分又百三十二里（英里四十四，合前二百二十九）停纽波多。辰初又九十里（英里三十，合前二百五十九）停立知法土。过此出洼蒙邦界，亦即出美利加界，自士伯林飞耳至此七百七十七里。

易加纳大火车，客位之洁，汽罐之精，联车之富，弗如美利加远甚。见一司事者，双眉一道，左右不分。辰初

14,8,16

二十五分又三十三里（英里十一）停沙屯。车道之入加纳大境始此。辰正二十分又六十六里（英里二十二，合前三十三）停缙汉。巳正三十分又一百九十八里（英里六十六，合前九十九）至蒙夺里耳，是贵壁部落境也。

伍尔夫魁北克之役

吴尔富之略贵壁在乾隆二十四年（千七百五十九），法军闻之胆寒。非有是役，安在其为英属地也。厥后授命战场，鸣呼，忠矣！加纳大人述往事不绝于口。

加纳大之有蒙夺里耳，犹美利加国之有纽约也。商舶出入此埠居多，工事系之，农具倚之，疆吏有自主之权利亦实因之。不然，西北山矿多则多矣，如招徕难何！哈夺送湾众维鱼矣，如气候寒何！此云龙所以欲游翁打里约，而先眷眷于此也。军区第五与六皆属贵壁，而蒙夺里耳在六区中。其工肆本银二千八百一十七万一千八百七十八圆。游北多猓牙鲁，盖园以山名者也，马车行二十一里（英里七），见北多猓牙鲁山，高一千一百尺，铁道凌空，火车衔轨而上，与纽约高轨同而不同。其撑道皆铁柱也，铁道之木直列者五，轨侧有链。凡休息日，车行趨来如飞。过此有木架空如梁，是稚子冬行冰上者也。又游学校药室。归寓，申正三十分升火车。行十五里（英里五）停麦耳缘土。申正四十五分又二十一里（英里七，合前十二）停先多马金。申正五十五分又十五里（英里五，合前十七）停先多路司。酉初五分又九里（英里三，合前二十）停先多施列斯。酉初十四分又二十一里（英里七，合前二十七）停先多沃司金。酉初三十六分又三十里（英里十，合前三十七）停先多哈马司。酉初五十六分又三十六里（英里十二，合前四十九）停先多比理比。酉正三十分又二十四里（英里八，合前五十七）停库连为理。酉正四十四分又六里（英里二，合前五十九）停加拉美地。酉正四十七分又四十五里（英里十五，合前七十四）停孟地比路。酉正五十二分又三十里（英里十，合前八十四）停诺宜生。戌初二分又十八里（英里六，合前九十）停沙苏。戌初二十分又十二里（英里四，合前九十四）停路库良。戌初三十九分又十八里（英里六，合前一百）停拔金汉。戌初五十二分又十二里（英里四，合前一百有四）停沃田。戌初五十九分又十五里（英里五，合前一百有九）停东田布尔。戌正三十三分又十五里（英里五，合前百十四）停客知纽。戌正五十二分又十二里（英里四，合前一百十八）停夫耳。亥初又六里（英里二，合前一百二十）至阿打注。自蒙夺里耳至此三百六十里，自士伯林飞耳至此六百五十七里（英里二百十九），自纽约至此一千九百四十八里（英里六百十六）。甚矣惫，而海关阻行李，凉不得衣，饥不得食。出视护照，关吏曰：司事归矣，行止难可专擅。以得立风语之而不至，于是呼车投逆旅曰“粒施耳”，在埃立根街，步行五里有奇（英一里有半）。访海关司事巴鲁（人名），饬吏勿阻，而寝食几废。

海关遇阻饥寒交迫

十七日　天将明，翻译起入盥室，失时辰表、指北针（即中国所谓指南针），此风与美利加异矣。巴鲁来言：

14,8,17

海吏创见中国游历使，行李之少滞以此，过此罔有或阻。又言海关长为加纳大三等官，其人姓布列士登氏，居适同店，愿一见也。见之，有访副疆吏之约，盖领加纳大全境疆吏它往未归也。先是明万历二十八年（千六百），法郎西人至此，我乾隆二十八年（千七百六十三）属于英，三十九年贵壁合为一部落。五十六年（千七百九十一）分贵壁为东加纳大，而以翁打里约为西加纳大。道光二十一年（千八百四十一），并贵壁于翁打里约，其领地第一疆吏之治议久不决，而英国君决之，于是首治在翁打里约之阿打洼，时咸丰九年也（千八百五十九）。同治六年（千八百六十七）复分为二，各设治一部落之疆吏，而第一疆吏领全地如初。

疆吏即总督

卯正游其上议院，其第一坐为疆吏位，其第二坐为欲言者设，此又与美利加异。议员八十二人。又游其下议院，议绅二百一十有一。凡开院，岁以五阅月为率，而以春二月始。此总议院也，凡兵农工商之事，皆得操是非因革之权。此外部落分设议院，疆吏得可否之。

又游图书馆，是其公家藏书处。圜楼环列，立十二年矣，藏书十二万册。又游书肆搜厥图籍。

既而见疆吏之副，治狱长亦在坐焉。

又游木工厂曰“阿多米耳”，以双河交流之水力助工，胜火力多矣。滩石激涛，如鼓如喷。其它农具工、织纫工、谷麦粉工、金银铁矿工，综而计，本银凡三千八百万圆，较贵壁多三之一，而木工居多。

加纳大军区一十有二，第一以至第四皆在翁打里约，而阿打洼在第四区中。额兵四万五千，阿打洼为其枢纽。

于是察其经纬，觇其气候，考其沿革，问其风俗，综其食货，权其工商，诹其兵农，以属《图经》初草。

又游公园。旋寓一饭，计费难可久支。戌正乘火车行。

十八日　卯正换车。计自阿打洼行四百五十里（英里一百五十）。又行七十五里（英里二十五）至多朗特下车。时交辰正，非午正二十分无车行也，憩火车场。有玻璃匣，列干鱼十二，或如鲤而鳞细，白点辄凸红珠，或虾首而鳞如锯，殆钻穴者欤？一兽伏，目灼灼，齿露如生，狼首鼠足，獭毳而尾无毛，形扁如鱼翅，皮纹如鲨鱼，亦歧亦合，长三尺。询之彼人，亦鲜知名。

美洲河狸

火车一至，乘之行。申初行二百四十里（英里八十），至哈密屯下车。无待车屋，驻足俟之。前途无相识者，翻译亦非就熟，问津不置。有愿导游者，遂偕登火车。行五十一里（英里十七），酉正至赖宜各拉，盖交美利加合众国纽约邦界矣。自阿打洼至此八百一十六里（英里二百七十二）。

赖宜各拉云者，译言瀑布也，彼人谓之五大洲第一瀑布。云龙莫遑或息，遂登马车游之。记曰：

尼亚加拉大瀑布

赖宜各拉之水流急处，石岩壁立，断壑千寻。其上数椽，间道步入，推轩瞰飞瀑，如银如雪，惜少远也。未几，机梯藉其水力转轮激之，自下而上，如车

14,8,18

如楼，可受一十二人，云龙乘之。绳转如行屋漏中，板隙驹光，玻璃透之。下一百五十尺有奇，乃近水岸。梯止，则室内也，出室观瀑，如怒如狂，如倾如沸，如文澜机不可遏，而又如海潮受月吸也。钱塘潮寻常高四五百尺耳，独八月十八日倍，故俗呼是日为潮生日。是游在浙潮数万里外，亦于是日观五大洲第一瀑布，视观钱塘潮逮耶不逮耶？方坐石骋目，照影者曰：中国游历使至此，前未之有，不留影，可乎？坐云龙侧者，翻译泽村繁，而云龙面黧形悴，十倍于游三法兰昔斯哥时。何也？一昼夜行数千里，五官并用，遑计劳耶！对岸危栈断续，机梯形如小艇，亦藉水轮转之，而高逊此。起视所乘机梯，丹涂厥外，如烟筒而方，如禽笼而巨，半倚危崖，目眩心骇。复入而升，乘车里馀（英半里馀），观飞瀑回流，亦谓之转水潭，回首机梯，如尺咫也。

观瀑留影
面黧形悴

又行七里（英二里馀），过铁线桥，跨赖宜各拉河者四，此其一也。线高数百尺，铁柱斜支，悬线如网，一如纽约桥法，长一千一百尺有奇。桥南为瀑落最宽处，虽然，瀑非一目可尽。北曰马蹄瀑，水宽二千尺，水落一百五十四尺。东南二瀑名与河同，南宽六百六十尺，东宽二百四十三尺，水落皆一百六十三尺，较北瀑且高九尺也。如堰开闸，如水倒峡，难可以它泷如帘如练例，喷水如气如烟，又如霞遏云，辄数百尺许。澎湃之声，如霆击、如战酣，又如两火车狭道相逢，离不盈尺，过之成磨电声也。旁睨其馀，或数尺，或尺馀，如雨后浍，如石窦泉，虽曰桧下，抑亦馀妍欤。泷沙竞下，坚土拥之，其外如瓦，其中如瓮，水气乘风辄出洞中，所谓风洞者是。从者趣归，云龙答曰：不问源，可乎？

以图质说：赖宜各拉在野里湖之东北，即翁打里约湖之西南，翁打里约湖或亦谓之恩打热湖。而加纳大第一部落翁打里约与湖同名，诚重之也。双流既导，一河遂成，谓之赖宜各拉河，或谓之湖河，就源言。其南为美利加合众国纽约邦境，是天之所以界英属地也，殆如鸿沟；不然，加纳大欲画疆自戍，其奚以哉！或仅以壮观目之，非云龙所敢知矣。

记毕，游水边楼，罗列水中所产。或似玉而脆，或似珠而幻。一种金黄半杂黑纹，谓之虎眼玛瑙。亦有珊瑚，高才数寸。凡言珊瑚者，率沿陈说，指为海中树，非也，
珊瑚盖虫为之 盖虫为之，或谓之珊瑚虫，或沿木，或沿堤，未出水时厥性韧，出水则坚。此可与格物者言。又游公园，寻至授餐馆，曰“阿布耳”。计游赖宜各拉往还积程二十一里（英里七），导游者索酬金五圆而去。

乘火车已戌正矣。行十二里（英里四）停倚士多拔
入纽约州 费路。又二十四里（英里八，合前十二）停可林司为里。又十二里（英里四，合前十六）停路宜为里。又六里（英里二，合前十八）停文地。又九里（英里三，合前二十一）停库利天田。又十二里（英里四，合前二十五）

14,8,19

停柯肥。又十五里（英里五，合前三十）停库路布都。又十八里（英里六，合前三十六）停拔达比雅。又二十一里（英里七，合前四十三）停比仑。又十二里（英里四，合前四十七）停为司多拔田。又十二里（英里四，合前五十一）停拔田。又九里（英里三，合前五十四）停茶治为里。又十二里（英里四，合前五十八）停智理。又十二里（英里四，合前六十二）停柯路多沃达。又二十一里（英里七，合前六十九）停路提司托。又九里（英里三，合前七十二）停布理屯。又十二里（英里四，合前七十六）停边肥耳土。自赖宜各拉至此二百二十八里。

十九日　子初行六里（英里二，合前七十八）停法波多。又二十四里（英里八，合前八十六）停马施屯。又六里（英里二，合前八十八）停洼耳洼司。又九里（英里三，合前九十一）停拔米拉。又二十四里（英里八，合前九十九）停宜洼库。又十五里（英里五，合前百有四）停来音司。又二十一里（英里七，合前百十一）停库来地。又十八里（英里六，合前一百十七）停沙拔纳。又九里（英里三，合前百二十）停法库司立直。又十二里（英里四，合前百二十四）停波多比仑。又十二里（英里四，合前一百二十八）停为多司波托。又十二里（英里四，合前百三十二）停约切。又十五里（英里五，合前百三十七）停面比司。又九里（英里三，合前一百四十）停洼拿司。又九里（英里三，合前百四十三）

停安勃倚。又十八里（英里六，合前一百四十九）停西拉柯斯。又十五里（英里五，合前百五十四）停留维土。又九里（英里三，合前百五十七）停满立司。又九里（英里三，合前百六十）停可库为理。又十二里（英里四，合前百六十四）停治地南沃。又六里（英里二，合前百六十六）停加纳西拉沃。又十二里（英里四，合前百七十）停加纳司多达。又六里（英里二，合前百七十二）停王司为理。又九里（英里三，合前百七十五）停沃宜达。又十二里（英里四，合前百七十九）停维路来。又十二里（英里四，合前百八十三）停库林司根。又十五里（英里五，合前百八十八）停罗马。又二十一里（英里七，合前百九十五）停沃里司可宜。又九里（英里三，合前百九十八）停怀土勃路。又十二里（英里四，合前二百有二）停由治柯。又三十里（英里十，合前二百一十二）停夫良库发托。又六里（英里二，合前二百十四）停倚仑。又六里（英里二，合前二百十六）停哈几马。又二十一里（英里七，合前二百二十三）停立土耳法耳司。又二十一里（英里七，合前二百三十）停倚司土库利库。又九里（英里三，合前二百三十三）停先多约翰为理。又十八里（英里六，合前二百三十九）停法多布连。又九里（英里三，合前二百四十二）停拔拉金樵。又九里（英里三，合前二百四十五）停司布拉柯。又九里（英里三，合前二百四十八）停约司多。又十五里（英里五，合前二百五十三）停风达。又二十四里

14,8,19

（英里八，合前二百六十一）停土来布司希耳。又九里（英里三，合前二百六十四）停野金。又十二里（英里四，合前二百六十八）停安司达唐。又九里（英里三，合前二百七十一）停库拉宜司。又二十七里（英里九，合前二百八十）停哈夫满。又二十七里（英里九，合前二百八十九）停司金笛。又三里（英里一，合前二百九十）停柯纳。又十二里（英里四，合前二百九十四）停维司多阿拔宜。又九里（英里三，合前二百九十七）停阿拔宜。又三里（英里一，合前二百九十八）停倚司多阿拔宜。又二十一里（英里七，合前三百有五）停加司多耳屯。又十二里（英里四，合前三百有九）停司柯达库。又十八里（英里六，合前三百十五）停司达为杉。又九里（英里三，合前三百十八）停柯库司沙基。又九里（英里三，合前三百二十一）停司多库波托。又十二里（英里四，合前三百二十五）停哈托松。又十二里（英里四，合前三百二十九）停加多几耳。又六里（英里二，合前三百三十一）停利文屯。又十二里（英里四，合前三百三十五）停日满屯。又十八里（英里六，合前三百四十一）停治勃理。又十二里（英里四，合前三百四十五）停拔理屯。又十八里（英里六，合前三百五十一）停来因拔库。又十五里（英里五，合前三百五十六）停司达都拔。又十二里（英里四，合前三百六十）停海地拔库。又十八里（英里六，合前三百六十六）停波基布西。又十二里（英里四，合前三百七十）停加密路徒。

又十五里（英里五，合前三百七十五）停汉拔。又六里（英里二，合前三百七十七）停罗波因。又十二里（英里四，合前三百八十一）停飞丝几耳。又三里（英里一，合前三百八十二）停达直司。又六里（英里二，合前三百八十四）停司多金。又十八里（英里六，合前三百九十）停加立松。又九里（英里三，合前三百九十三）停海浪。又十五里（英里五，合前三百九十八）停比库司基耳。又九里（英里三，合前四百有一）停懋多乐司。又三里（英里一，合前四百有二）停库纳沃。又三里（英里一，合前四百有三）停沃司加洼多。又六里（英里二，合前四百有五），少停，又十二里（英里四，合前四百有九）停新新。又十五里（英里五，合前四百十四）停达里屯。又九里（英里三，合前四百一十七）停阿文屯。又九里（英里三，合前四百二十）停赫司金。又十二里（英里四，合前四百二十四）停绒柯丝。又四十八里（英里十六，合前四百四十）至纽约。自边肥耳土至此一千一百有四十里（英里三百六十八）。自赖宜各拉至此一千三百二十里（英里四百四十），所行皆纽约邦境。午正乘马车行海滨，登轮舰渡海，小憩于火车场。未正升火车，行七百有二里（英里二百三十四），戌正至华盛顿都。

二日所行皆纽约州

14,8,20

游历美利加图经馀纪二编

花翎二品衔、直隶即补道、总办北洋机器局、前游历使臣傅云龙述：

云龙再游美利加合众国华盛顿都，盖至自英属地加纳大，时光绪十四年八月十九日也。将有古巴、秘鲁、巴西之游，而非此末繇得费，且非此末繇得各国使臣护照，否则径行焉，假道焉，无俟辗转道左为，不其快欤？虽然，有纡地无旷时也。舟车一停，丹铅再接，鸡未鸣即起伏案，卷非夜过半不掩也。此数十日间，已属之草无论已，如兵制之简要，兵事之胜负，与夫水师之阻道，兵舰之考工，炮台之宜泥不宜石，罔弗诹之笔之，为异日排比计。十月二十九日投笔行矣，以前一日为断。述《游美利加图经馀纪二编》。 返华盛顿 领护照经费

八月二十日　检点图籍。

二十一日　乘马车至仁多耳曼史来因克，视印甸人斗 印第安人

马。虽近于戏，而旧俗宛然。其长，美利加旧武职也。使人跃马，抛玻璃丸高数十尺，辄骑击以枪，鲜不中者，三千人环目，鼓掌声腾。先是装束如印甸酋者，戴白羽冠，以鹫毛排插冠沿；馀皆披发赤身，涂朱与黄，或衣红绿，先后驰马出没莫测。被劫之车与室皆美利加人，短枪一发，烟火四出，一垂发女枪击球皆中。又立铁竿二，并高三尺，竿首有螺旋塞，以绳系球，贯于二竿，而有一人持其一竿转之，则球舞靡定，其女对镜以枪背击之，亦中。有马善舞，殆亦中国古者舞马遗意欤？又游倭特禄，视砖工厂。是日往还十八里（英里六）。

表演昔年劫车情景

二十二日　纂《美利加图经·民数年表》。

二十三日　纂《男表》。

二十四日　纂《人类表》。

二十五日　纂《人数系里表》。

二十六日　纂《来徙民数年表》。

二十七日　纂《民业大较表》。

二十八日　纂《职业分类表》。

二十九日　游内微亚耳，译言水师炮厂也（内微之言水师）。乘马车行十二里（英里四），至葡萄墨河岸。水师练船泊此，长一百八十五尺，宽三十五尺。其教习士特里曾使秘鲁。凡率水师远戍三载，必移之近家，亦以三载为期复出，此美利加水师通例也。其生二百，习技于斯。厂外列臼炮一十有六，八寸径口炮五十有奇（详《图经·考工》）。其新增厂屋方以机立桩也，置架如梯，

14,9,1

上安轳辘，以绳端绕蒸汽机轮，以绳彼端系一重锤，一人挽其轮轴，一起一落，桩即立矣。是日行二十七里（英里九）。 打桩机

九月一日　纂《美利加图经·民业杂识》。

二日　纂《邦部公地表》。

三日　纂《五万人以上地表》。

四日　游颇石马沙答（邮政）日弥拉耳（总）底拔多面托（署），译言邮政总署也。其楼四层，其机梯如铁网。据司事人言，合众国信局五万五千有奇，日需收信纸据之属，值银二万馀磅，皆支自此。信之留此，皆末由交者也。本国日约二万一二千函，以女工一百有五拆之，记厥姓名。别国函数差少，储橱待之，二年为期，逾此则售物充公。择罕见物罗列之：一蛇长十尺，盘玻璃瓶火酒中，殆好事者故作惊人欤。邮寄时发匣犹生。 邮件逾期二年充公

又游内威（或译宜比）底拔多面托，译言海军部也。补前游所未逮视铁甲船样，首尾巨炮各一，侧炮左右各三，此即茶利司顿轮船式也。又游阿沃里可耳酒洼底拔多面托，译言农部也，改自农局曾未匝月。五谷百卉，种罔弗具，农圃或购自此，以纸包之，女佣凡百，验茧者三。一室杂列植物，棉本较华倍高且巨，丝、麻、蔗、藺、淡巴菰之属，细大不捐。果实既酒浸之，复蜡肖之，梨径五寸，瓜长三尺，非虚拟也。玻璃柱一十有奇，内实花谷果蓏之种。旁列矿石，五色灿目，或似是而非，则自三法兰昔斯哥铁道辟时所出者也。羊毳细者来自刚色斯邦。一木 农业部供应良种

板长十一尺，宽六尺六寸，据云此四百年前木也。有花室十馀椽，以玻璃为瓦。署前公园两亭对峙，才容横几，一水中喷，红紫资润。动物之属不过猢狲、熊、牛而已。归路过干捏底嘎夺街，有科仑布亚学校，视之。

五日　纂《美利加图经·物产》。

六日　由门氏导游“德雷索里”银库，犹言户部银库也。视新增库十有六，凿地营室，内砌以砖，其外铁栅，以宽一寸厚三分铁条从横交加成方眼格，门亦如之。欲移宾夕佛尼亚邦之银储之于斯，每室可储银八百万圆。

存款易公债以保值

其存银行票三百四十兆，凡富者虑银行难可久恃，即以银易合众国公钞，银行或亏，则官为分偿百分之六十五。凡作伪钞者，摄厥影悬壁缉之，获辄严禁一十五年，然收伪钞已至银二十五万圆。是日马车往还十八里（英里六）。

七日　纂《美利加图经·农产大宗表》。

八日　补游纽约工厂。申初四十五分火车发自华盛顿都，行七百二十有二里（英里二百三十四），亥正至纽约，中途隧道车场皆已详前。寓五层楼。雨。

张荫桓

九日　张大臣至自秘鲁，见之，商游地，且借路费也。乘马车游海岸，观炮台形势，往还十八里（英里六）。

十日　欲乘早车，而休息日辄减车行次数，申正四十分，汽轮始展。冒雨行七百二十二里（详上）。亥正至华盛顿都。

十一日　纂《美利加图经·麦类近年比较表》。

14,9,12

十二日　纂《希嘎骨麦值低昂月表》。

十三日　纂《农地产值表》。游治丝工厂。　编纂农部所得资料

十四日　纂《食货大要表》。

十五日　纂《食要系地表》。游工厂。

十六日　纂《财产十年一计表》。

十七日　纂《食货价目低昂表》。

十八日　纂《盐表》。

据日报言，天文家预测：气候今日当减温度二十，然视寒暑表五十六度，较前一日夜间五十九度仅减三度。而较之十六日六十四度则减八度。冰始见。

十九日　纂《美利加图经·盐法杂识》。

二十日　纂《糖表》。

二十一日　纂《酒表》。有戒酒者。然无间晨夕，无分男女，亦一漏卮。

二十二日　纂《淡巴菰表》。闻美利加妇女无嗜淡巴菰者，然男辄癖。

二十三日　纂《油表》。连日雨。

二十四日　纂《棉花年表》及《收织成物》两表。

二十五日　纂《输入生丝系年表》。

二十六日　纂《治丝条目表》。

二十七日　纂《羊毳年表》。

二十八日　纂《矿类系地表》。游矿局。

二十九日　纂《金银矿产系地表》。

三十日　纂《产煤表》。

十月一日　纂《矿务杂识》，分类三：辨矿第一，开矿第二，补识第三。

二日　纂《纽约金值低昂表》。而腹结，气下之乃愈。

三日　纂《备铸金银表》。

是日（西千八百八十九年十一月六日）为美利加公举伯理玺天德之期。南党多举固落薄，欲其联也，而北党举忭雅闵海里孙，居之不其。操举权四百有一人，举忭雅闵者居三之二。

美国大选投票日

四日　纂《造币金银出入表》。求游古巴诸处护照，未来。

五日　纂《合众国纸币表》。

六日　纂《银钞表》。

七日　纂《官局印纸表》。

八日　纂《银行本银存银表》。

九日　纂《国立银行条目表》。

十日　纂《国债年表》。

十一日　纂《公债系地表》、《国债条目利率》二表。

十二日　纂《利率异同表》。

十三日　纂《计入计出年表》。叙彭赞使《大东揽胜图记》。

十四日　纂《国费总目表》。

十五日　纂《内税诸表》。

十六日　纂《邦部互出食货表》。

14,9,17

十七日　纂《输出输入年表》。

十八日　纂《食货输出比较表》、《三十年食货出入比较表》、《合众国损本商表》。

十九日　纂《许专售年表》。美利加工无剿袭，商无冒嫉，其以此夫！ 专利保护杜绝假冒

二十日　纂《考工源流》。四鼓始卧。

二十一日　纂如昨。

张大臣令陪宴日本使陆奥宗光。先是游历日本，与晤再四，然未知厥字“六石”，自言取磊磊意。

二十二日　纂如昨。

游书肆，出银二十五圆，购阿得纳司一册，译言《五大洲舆地图说》也。重二十斤，著自英公司曰兰多马沽那列（公司名）空拔业（公司）。成于光绪六年（千八百八十）。十年一作，惜说鲜条理。

二十三日　纂《工厂合表》。

雪辉生白，地积寸馀，时也，木叶尽脱，而双柳婆娑垂丝，留老苍色，与矮柏相映带，可不谓后凋柳乎？以常柳例，将毋失之。《诗》言“柳往雪来”，盖谓柳雪异时也。云龙将有古巴、秘鲁、巴西之游，而柳往雪往，见所未曾。

二十四日　纂《工类表》、《新英邦工厂利率表》、《土木工费系地表》

二十五日　访火车公司。

纂《铁道考工》。

二十六日　纂如昨。

感恩节

是日美利加谓之“士克司给愤得”，译言谢贶日，意谓酬谢天贶，犹之中国报秋成谊。其期诹自伯理玺天德，非有定日。合众国人皆食火鸡，又谓食火鸡日。

二十七日　纂《铁道诸表》。

二十八日　纂如昨。夜深匆匆整装，明日进游古巴。

14,10,29

游历古巴图经馀纪

花翎二品衔、直隶即补道、总办北洋机器局、前游历使臣傅云龙述：

凡由美利加合众国往古巴岛，大率航自纽约，海程千二百三十九，合华里四千有八十八，捷航四日为期。否则航自纽阿连，海程七百五十，合华里二千四百七十有五，捷航三日为期。而云龙欲补未游，道出滩坝以此。将行，闻滩坝疫起而亦进，弗改途也。古巴亦北阿美利加洲，以其埠果龙为断。述《游历古巴图经馀纪》。

十月二十九日　行自华盛顿都。凡往滩坝火车之期有二：一休息后三日，一休息日，今即休息日也。开车者再，早车卯正五十九分，云龙则乘巳正五十七分之车。张大臣令徐参赞送至火车头，转述古巴秘鲁官署初至亦难借榻之故而别。申初二十分，火车径匆尔治尼邦之理治门。将逮车场，穿隧道千尺有奇，煤烟浓不可散，定时为未正五十八分，行少迟矣。过此定时酉初四十二分，维耳堂（属邦同上），亥正十分，诺司喀尔勒那邦之为明屯，而皆少迟。夜行疲甚。

十一月一日　寅正径叟司喀尔勒那邦之茶利司顿，辰初六分停诺司喀尔勒那邦之沙拔那。易车行，额外索银六圆。据车人云，疫起戒行，否则车不易也。定时巳初二十五分停诺司喀尔勒那邦之维苦罗司，未正二十五分停佛勒里答邦之日库送微理，申正三十分停杉发多，亥正五十五分滩坝，亦谓之汤拔（二属同邦）。亥正犹差华里三百有奇（英里百馀）。

本日两处诺司喀尔勒那邦（北卡罗来纳州）均误，应为佐治亚州

二日　丑初五十分乃至滩坝，幸轮舰未开，急步而登。自华盛顿都至此千四百六十里，合华里四千三百八十。其艘名“我理别低”，光绪十三年（千八百八十七）造自美利加宾夕佛尼亚邦，长二百七十五尺，宽二十有八尺，吃水三十二尺。其膨张机视马力七百，其吨数二千三百有奇，其速率每半时行十八海里至二十里有差。舱位莫大于此，空气流通，重榻上缩下伸，坐卧便之，电灯与唤人机罔弗具。餐堂踞顶而近轴，食则琴作。丑正行。午正泊基威士多，计百八十里，合华里五百九十四。威士多之言西，基之言岛，此沿日斯巴尼亚语，与英吉利语键义略殊。今属美利加之佛勒里答邦，初寻自日斯巴尼亚人，是以侨居于此者较欧罗巴洲、阿美利加洲人为多。约略言之，其人凡三千有奇，中有华人十六。姓袁氏者，卷淡巴菰工也，闻云龙至，自来问讯，且慰劳久，殷如肫如，可

卷烟华工殷勤问讯

感也已。亥正行，前一时风起，舟子锁玻璃窗，涛影滔滔，高三十尺，身转如丸，汗不克止，以清气壅遏故也。行墨西哥湾，过基威士多则大西洋潮与之迸，无风亦卷云。

14,11,3

三日　卯初至古巴，行百四十四里，合华里四百七十五。自滩坝至此凡三百二十四里，合华里千有六十九，陆程并计，至自华盛顿合华里五千四百四十九。是夜闷不可支，轮止，狂飙亦微。李随使（之骐）未冠而通英吉利、日斯巴尼亚文，偕谭署领事照料呼艇登岸。行李至海关，启视不少假借，游历以来，海关悉重华官免验，此独眈眈，无可吹求乃已。

古巴海关检查过苛

乘车至布拉夺街，寓店名“八沙赫”，其店最也。房百二十，佣三十六，岁入房银一万六千一百一十圆，出官税五百，煤气灯费三千，杂用二万九千五百——此光绪十三年数。然水无自来，浴无热汤，地不毯，以热故也。砌云石，方六寸许，黑白相间。其室地用砖。其屋高，其窗若门。居三层楼，房凡三，云龙取厥陋者。华盛顿都温度五十，此六十馀。蚊多，床有帐，大类华制。床柱用铁，足有辘轳，取易移也，铁网承褥，柔甚。

四日　剃头。华人业此数百，其值银一圆有半。洋餐燥甚，华人饭馆为致蔬食于旅次。访张总领事等，订见古巴疆吏夏湾纳官之约，期以明日未初。

五日　未初如约往，无一见者。食言若是，何民无肥！往还未及一时，马车费银十三圆。亥初游“嘎司罗

古巴总督食言不见

埃西班”，译言日斯巴尼亚公宴所也，立于同治八年（千八百六十九），会友二千五百，司事者名特我波多枚列八哈儿。有跳单神房，云石利行，与铺板异，室肖曲尺，与洞闼又异。油画多且精，皆描摹其国古事，其工日斯巴尼亚人也。一幅绘其前女王出首饰资科仑布亚寻新地，国人谓之神品。有一画学校，兼习英法文字，是分此会费所增置者。凡茶会起戌止丑，是夕杂遝数百，乐三停，遂不欲观而归。

六日　游书肆，购图册。道出大宫园，李随使偕往观之，曰此义大利优也，说而不歌。其园为六园之最，中悬煤气灯，三层一贯，累累如珠，不下百馀，廊灯无算。寻出，有媪形类枯木，伸手乞五仙钱，亦美利加所无。

七日　访李随使，转诹火车铁道工程。晤洋员理察该（理察其名，该其姓），用华字名刺曰溪理察，盖广东语溪如该也；厥子名拉乌该。又一洋员叶朗得士卑卑（卑卑其名），其子雁多育叶朗得士，为中华学堂洋教习。

八日　访谭署领事。考炮台兵船。

九日　闻知华人会馆或曰“堂”或曰“社”，凡九，并有商董，欲访之藉扩见闻，而总领事、领事并云可勿访，遂从土著诹电线邮政。

十日　李随使为属古巴图草，云龙乃谘要埠注之，随译随正，初稿凭此。

十一日　欲览马丹萨田寮，而停工未开。闻其寮以“嘎拉迭纳士”为多，输之美利加。其埠距夏湾纳百里，

14,11,12

约华里三百三十。火车行无停日，地沃，户约三千，人逾二万。

十二日　偕李随使访叶郎得士卑卑以古巴近事。

十三日　考古巴地理。

十四日　考古巴农与工商。

十五日　冬旭可畏。晡，白雨点窗，一阵而歇。是岛冬恒雷雨，而此数日天气二年来最爽者也。夜，雁多育来，见华字爱之，赠数册，以其友雁多约得力照相赠，曰：有力如虎。其相影于马口铁片，膊大于首，问所业，则曰击球也。得力其姓，雁多约其名。

棒球明星
膊大于首

十六日　友言古巴蔗一种可留数载或十馀载，其收丰歉视雨多寡，异所闻矣。闻蔗宜旱，一种六获，俟至秘鲁博咨以证。夜考古巴食货。

十七日　闻华人方登衽席，寻操室戈者有之，已可扼腕，而恃博之孤注，则不可为而为也。嗜好又不自觉，而谁欤觉之也？噫！夜考学校官制。

华人帮派
同室操戈

十八日　考山水。又跋古巴图曰：

此图得自古巴领事署之洋员子拉乌该，于电线独详。译厥体例：一为双墨围而中黑，诸省电线房也。二为墨围三层，总电线房也。三为墨围一而中黑，电路斜交也。四为黑点，开电房也。五为单墨围，闭电房也。六为红点，火车房也。七为直线而横短如毛，火车路也。八为蓝线，国王电也。九为蓝点直续，官电待补也。十为短竖断续，废电也，然今已修。拉乌该增日斯巴尼亚字，以此。十一为红线，海电也。十二为红点珠联，拟增海电也。十三为点竖相间，支电，与孔道异也。十四为黄线，舟道也。其双墨文若尺载，数一至十者，每数为十奇儿美得禄，图中视如其长，则得百奇儿美得禄也。奇儿美得禄者，古巴人里数之方言，其一为八分英里之五〇六二五，合之中华，则为二里〇六。视如其长，则是为中华六百里有奇。云龙既为汉字古巴图，而始得此，遂识之。

十九日　冬至，总领事约于寅正拜牌。此地夜出辄有戒心，时不得车，云龙遂携解日斯巴尼亚语之通事卢阿昌偕街巡捕往。巡捕喃喃，意谓衣冠早行自米士得傅始（此语与英吉利同）。寻归，天犹未晓，闻轮舰至，遂往购票。古巴人语船曰“马波”，问值多少曰“管多马萨立立乃奴”。

米士得傅意为傅先生

二十日　申正，谭署领事同车至马头上轮艘，先归，卢阿昌向晚乃归，赖卢通语言者十八日。舟名“冕得师柳约”，同治十年（千八百七十一）造自英吉利，长一百三十尺，宽二十八尺，吃水三十六尺，其机器视马力六百，其吨数二千四百，其速率每半时十一海里，以运货为宗。客舱无差等，门夹餐席，规模低且狭，清气罕逮。而每食辄酒，每逢令节则香饼酒，此大东洋舰所无。然不饮如云龙，未见其胜。

在古巴十八日

二十一日　卯正东行少南，经抹罗炮台侧，是夏湾纳八台之一。水宽七百尺，夏湾纳湾口也。朝雨，晡后东风

14,11,22

吹断雨脚，所谓买卖风者是。寻复微雨，夕晕双虹，南望有岛。

二十二日　朝虹，寻雨而风。南有山，色紫，土质含酸化铁。有巨鸟名水师。午正行三百三十四里，合华里一千一百有二，北纬二十三度十二分三十秒，西经七十一度十七分。行峡间，浪紧甚。

二十三日　午正行二百十五里，合华里七百有九，北纬二十三度二十五分。西经六十八度。距岸三四里许西南行，见一兵船南来，问，云出自海地岛。按海地岛一小国耳，在古巴之东南及北美利加洲之间，而兵船游历，乃克如是，西人谓其自立，未始不由于此。夕餐糖果，饤饾大类华盘。

二十四日　辰正泊山地亚低古巴，计二百六十里，合华里八百五十八，自夏湾纳至此八百九十里，合华里二千九百三十七。将泊舟舣湾口东宽三百尺，容一舟行。其东山嘴有炮台一，又东有谯楼台一，高一百七十尺，轮舰进口约二里，合六华里有奇。

湾内小岛为藏火药处，湾东巨室为造煤气处。其埠街十字型，一东西，一南北，而多斜，据山控水，地势然也。市屋辄板。人类五：一日斯巴尼亚，一法郎西，一黑，一杂，六万有奇，中有华人二百，皆工也。方言杂法郎西，有法郎西公所。音乐正副并置，日一交申，其国医士于斯避暑。酉正，骤雨打窗，寻歇。亥正行。　有华工二百

二十五日　朝虹西悬。见一岛曰惹美格，是英吉利属　牙买加岛

地。午正南行二百四十四里，合华里八百有五，北纬十七度三十四分，西经六十九度。

二十六日　西北风巨。午正南行少东六度许，二百六十四里，合华里八百七十有一，北纬十三度十二分，西经六十九度二十八分。

二十七日　辰初泊马达里那，计二百二十八里，合华里七百五十有二。北纬十二度，西经六十九度五十分，此属新加拉那大国（详下卷巴拉马），马达里那（依《地理全志》与闻符），即《瀛环志略》马黎济大，是其国之一部。所治会城曰加大其那（《瀛环志略》云红大，与所闻异），海口一埠也。

卡塔赫纳城墙环绕

凡海国城率虚名，此则石堞百雉，高海面二十五尺，四面环若华城。泊舟处门二，上嵌时辰表，高六十尺。其居沿日斯巴尼亚旧式，泥石为之，以海关、兵房、邮局、教堂为巨。庭辄植蕉，街较古巴少洁。其贾多女，其兵三百五十，其人一万五千，无一华人。埠东约华里四十九（海里十五）有炮台一，其埠南隅亦有炮台一，炮数有差。其埠西南高处又有炮台一，旧炮六，尚可用也。其寒暑一年平均九十三度。其产加非、蔗糖与夫造金鸡纳霜之木皮居多。

二十八日　辰正行。午正计五十里，合华里百六十有五，北纬十度四分，西经七十度四分。有一帆船逆风迟甚，舟轮稍停，所以避也。据识路者云少逾经道，否则不见来船。

14,11,29

二十九日　辰初停果龙之湾口（一名“个陇”，与古巴“歌郎”音近），计二百六十五里，合华里八百七十有四，自夏湾纳至此千八百六十二里，合华里六千一百四十有四，北纬九度四十分，西经七十度二十分。果龙疑即《瀛环志略》所谓索各罗也。此大西洋与大东洋相隔处。有泊舟马头，然它船先至，西正乃得泊之，否则即至即登。其往巴拉马火车一日而三：一辰正，一未初，一申初，无须权宿舟中矣。埠于赤道较巴拉马少远，然闻热则过之，果然，温度九十，蚊如雷，睫不得交。当西纪十二月三十一号，其除夕也。夜半船钟竞鸣，有爆竹声，云来自华，有童叟欢呼声，街车达旦。

三十日　侵晓雨小而骤，冬暑微轻。卯正登岸，其火车之例与美利加异，行装计磅，如数支费。语文既判，金银复差，大难大难！遇一华人，车位之值藉以无浮。果龙沿岸形长蕉椰之类，结实累若贯珠。华人四百有奇，皆商也。

辰正车行，半道轮阻，盖货车前覆轨间。车旋里许，停马美，下车无逆旅，不知所之。遇华医谈（显良），自言居一村曰“噢威步”，设杂物店曰“永万祥”，然距此较远，转致同车陈（志元）导憩其兄（恩信）之“致祥店”。烹茗为黍，同人曰，出游以来莫甘于此。饥者易食，非欤？赠之小影，据云华官经此无下车者，华人四五，踵至问劳。犹忆去年西纪第一日，于日本东京学操方言一二，乘人力车游新巴西即新桥也，视戴鬼面者作婆娑 宿华人杂货店舞于松竹间，相去何翅天渊，然饱犹幸。申正车场红帜易白，见者欣欣然，盖西例道梗旗红，否则白，以为常。少顷车至，遂行。酉正至巴拉马，自果龙至此仅四十八里耳，而辗转车途不下九十里，合华里二百七十。其停车场著名者三：一布郁，一纳西陆，一科猓沙鲁，而马美在布郁、纳西陆间。当马美下车时，司票者言易车可无易票，不再加值也，至是再索，但云给收银单，自向铁道局取前所给。如言至局，适无一人，转询亦支梧而已。乘马车投一店，曰“将来生彻”，户台楼宇高且敞，而无唤人电机。

换乘遭重复收费

14,12,1

游历秘鲁图经馀纪上

花翎二品衔、直隶即补道、总办北洋机器局、前游历使，臣傅云龙述：

以赤道言，巴拉马尚居北纬；以阿美利加言，巴拉马已属南洲。果龙为大西洋止境，巴拉马则为大东洋始境，故记秘鲁之游始此。巴拉马属新加拉那大国，瓦亚基属埃瓜度国，皆在秘鲁北，其南有国曰智利，与秘鲁毗连。麦哲伦峡西亦智利境也，东有巴他峨尼境，过麦哲伦峡即南冰洋矣。人迹罕至，故去路以麦哲伦峡为断。述《游历秘鲁图经馀纪》。

十二月一日　访巴拉马，为新加拉那大国义斯麻部之一大埠。先是明时，日斯巴尼亚人科仑波寻地得此最先，嘉庆十五年（千八百有九）叛，后八年自立为科仑布亚国。道光十一年（千八百三十一）国分为三：一埃瓜度，一委内瑞辣，一即新加拉那大也。新加拉那大仍沿科仑布 巴拿马城 “辣”原作“竦”

亚名。义斯麻部埠二，其东曰察机利，其西即此埠，而西胜。其城居岩石巅，堂院插霄，卉木怒发，水性虽劣，南洲名胜罕有其匹。一街横贯半岛，繇海达海，别有皇街，自西至东。居楼辄用拔耳可宜木，窗户高而阔，天热然也。鲜雕镂。工亦日斯巴尼亚旧式。壁多垒石。地鲜铺毯。有学堂一，教堂一（在大园西，甚壮），尼院五，尼室一。其地出水阴筒鸠工寻缀，然土城斜下，海潮亦高，雨则自然涤之无少滞。其城南曰散打阿纳，其城西三里（英里一）山曰安昆商，高五百四十尺，东南青葱掩映原野。山阳岛二，一曰扶拉面可，一曰百理可，并多农亩。其城东北十二里（英里四），小河口遗故城基，造自康熙十二年（千六百七十二），莫而昆作乱夺之。今芜矣，剩塔一，圆门一（或称弓门），桥一，泊舟马头二，堞垣零星往往而有。其城北三里（英里一）灯台一，定色红，天晴四十里外（英十三里馀）见之。自嘉里符尼亚及科仑布亚矿见金脉，此地为朅来要津，人物因之渐臻；嘉里符尼亚至纽约之铁道一成，而此顿减。巴拉马至阿司冰鹅（一曰科仑）铁道长英里四百七十，合华里千四百一十，工蒇于咸丰五年（千八百五十五）。越二年，入银二十七万二千磅，是每一英里五百七十八磅也。计百分率，即客五十三有二分之一，物二十七，货币九有二分之一，邮便八有二分之一，小包一有四分之一，杂类四分之一。其气候二，一干一湿：湿起四月（西五）讫五月（西六），馀月为干。盖五月雨多且巨，过此雨少，土人谓之小夏。十

海盗曾毁巴拿马城

14,12,1

一月（西十二）后西北风烈，雨弥鲜，暑重寒轻，终年一例，温度七十五至八十七。黄疫多，咸丰九年（千八百五十九）不起者日百，嗣是疫时时起。今夏钱随使（广涛）经此而有斯疾，至瓦亚基不救。西法欲免鱼腹，先浸以酒，既出，贯喉侧入药水，取不腐也。银费数千，榇乃归。华人罹疫难更仆数，以海岸无税而趋未已。然细问之，非无税也，华商岁出银五千圆，附于英商纳之。

张大臣所派商董二，一正为曹（兆宾），一副为曾（桂鹏）。曾业酒，曹则永安昌号司事也，其本鸠自广东人招（裕田），旧金山曰永和生，秘鲁（利马）曰永安昌，智利与秘鲁同，香港曰祥和店、广泰南北行，巴西尚未设也。曹所贸以外国女披肩为大宗，采绣之属售美利加纽约，论值银五十圆。黑地绣黑之属售秘鲁智利诸国，论值减十之二。绣自广东，女红无虑二万，此亦通惠一端欤？它如镂牙器，或值金千，漆器半杂广东日本。其地华人数百，皆商。今春来工四百，未数月，婴疫死过半，幸免者归矣。用物率资别国，不自为工。所谓工者，即浚东西洋腰束一道也。计自果龙四十八里，约华里一百四十四，此天所以限东西。斧工强凿，皆法郎西人，有局历年八，工犹未半，近以费且不支，议停，然停亦不久。美利加领事埃东生语云龙曰：果停，则工无食，睥睨华商居多。以告曹、曾，并隐虑之。埃东生者，曾由前郑大臣照会美利加外部，令其照料华商者也，新加拉那大国亦转相照会，允之，故与华商素不漠视。云龙答拜。遂游公所

开凿运河华工四百病死过半

曾氏曾率北兵五百

三，一曰华安，二曰人和，三曰三邑。据曹述近事甚悉。而曾有豪气，踪迹之，自言十年前流落美利加，南北兵起，北将亨利纳李以之率战士五百，枪炮身先无虚发，后商秘鲁、科仑布亚诸国，辄自慨无用武地，扼腕久之。噫！此才而弃之此耶，微独魁梧已也。有姓易氏者（贤俊）濡笔求书柱铭。是日时雨时晴，温度八十六，暑非酷甚，然溽。

二日　卯正三十分，曹、曾导登小火轮艇，埃东生来，赠小影答之，少坐，闻解缆报钟，乃握手别。将展轮，秘鲁领事必列多亦至岸侧脱帽送行。航数里，登智利公司轮船，名“开戳木耳”，造自英吉利，长三百八十尺，宽五十五尺，吃水十九尺，马力三百，吨数二千八百。下舱与牛豕同居，客位多在上舱，窗门面海，延空气也，否则热难可支。有电灯，有唤人电线，而无浣面胰。船顶以鱼油粘布，凡用鱼油，非入英吉利之一种泥不易干也。五年一易，骤视之如铺马口铁。日餐三。午正开轮。夜月弦见。

三日　午正行八百五十八里（海里二百六十）。北纬六度，西经七十九度。雨珠洒涛，溽暑微减。

四日　午正行八百五十八里（海里二百六十）。北纬三度三十分，西经八十度。未正过小岛之东，其岛名伊纳拉八纳达，高五六十尺，以测远镜视之，近北四分之三麓开洞门，四围色白，不见人也。舰侧一物，如犬逐波上下，然尾尖，不类海狗。

14,12,5

五日　辰初泊博龙，计行九百一十七里（海里二百七十八）。此属埃瓜度国，户五十许，人才数百。船头发铁炮一，有小艇荡桨来视，盖关船也。舟轮寻展小屿间，异禽贡语，奇花媚沦，板屋竹篱，为观海目别开生面，不意于近赤道处见之。午初泊瓦亚基，计行一百九十八里（海里六十），自巴拉马至此凡二千八百三十一里（海里八百五十八），南纬二度十二分，西经七十九度五十一分，是埃瓜度国一大埔头，日近长安远，不翅为此行咏矣。国都曰瓜度，地当赤道，故以埃瓜度名国，译即“赤道”谊也。然都地高海面三千尺，可居以此，否则热难可支。

发炮通知海关来船

瓦亚基湾为南阿美利加洲海湾第一，在基路岛之北，距陆约华里一百五十（英里五十），湾口宽五十六里（海里十七），湾南树多而岸低，近岸十里（三海里馀）水恒浅。湾南有柏鸦纳濑，有布纳岛，巨船入湾，视水手目力何如。布纳岛木无算，近岸亦浅，然为瓦亚基河口。南阿美利加洲大河以瓦亚基河为最巨，凡船吃水不逾十八尺者可达瓦亚基埠九十九里（英里三十三），较小之艇可达一百二十里（英里四十）。河宽处四里有半（英里里半），两岸小屿无数，毒虫蜥蜴之类其恒见者，游人裹足。河口大岛二，一曰孟多拉贡，一曰马多宜罗司，然亦人迹罕到。布纳岛北水深时可十八尺。先是南阿美利加洲土酋印格司治此，土人便之。日斯巴尼亚人碧纱罗沿海探南阿美利加洲西岸，至此，繇瓦亚基河口入布纳岛，自以为南洲

瓜亚斯河不是最巨

之地观止矣，后进嗤之。其岛有镇，属埃瓜度，而后曾被八嘎美约人恣掠，镇人逸于瓦亚基，寻复。厥居屋高市洁，空气流通，无一蚊蚁，瓦亚基人于雨多时辄于此避暑。

布纳岛之东南曰阿理赖岬，在沙里纳司岬东三十三里（海里十），对岸之仆柯养必立岬，西北三十九里（海里十二）。航难始于此岬。灯台形方，高于海面五十九尺，色红，一分时发光十六秒，散光四十四秒，晴达三十九里（海里十二）。布纳岛之东北曰蛮荆格岬，灯台形方，高于海面一百有八尺，定色白光，晴达三十三里（海里十）。是岬之北曰野司巴罗纳岬，在马纳冈东北十三里（四海里），岬高，北行之舟可见。其南三里有奇（海里一）水深三十六尺，鼓轮无滞也。岬上灯台高于海面一百三十尺，定色白光，晴达三十三里（海里十）。瓦亚基湾之南有巴鸦纳岛，又四十六里（海里十四）曰阿木耳答牙挞岛，亦名散达苦拉拉，在沙纳司岬西南三十九里（海里十二），高甚，长四里馀（海一里半）。岛上灯台九角，塔顶高于海面二百五十六尺，色光并白，一分时散光八秒，晴达七十九里（海里廿四），入湾之船称便，故税亦有额，船载每吨风帆输六仙有半，汽轮输风帆之半。又有不让古岬，南阿美利加洲西端也，南纬四度二十分，西经八十一度二十分。岬有邱二，其间为高尖岬，麓有小岩石。岬北约华里十九（海里六）有阿耳昆山，西面肖乐器管，故名。盖谓乐器曰“阿耳昆”也。

灯塔光照近八十里

14,12,5

未初，云龙方欲乘艇登岸，新昌和之张（盛兴）、李（钦秀）、邱（观生）适至，导游瓦亚基埠。城在瓦亚基河西岸，大率以板为屋，以马口铁片为瓦。其地洼湿，其城西气秽浊，而沿河楼高轩敞，海关峙焉。其城南三阜，总名西路低拉苦留司。其中阜高三百二十尺，长约华三里（英里一）。有高山曰金勃拉苏，距城约华里四十八（英里十六），可望也，在其国都西南约华里二百七十（英里九十），双峰犹戴古雪。嘉庆七年（千八百二），测量者二，一汉勃多，一潘布兰，至山一万九千二百八十六尺；道光十一年，勃新可耳多测至万九千六百八十四尺，而未极顶。今据测量家言，山高国都地面万一千九百五十八尺，高海面二万一千四百二十四尺。然秘鲁高山四，智利高山一，与此同出安地师山脉，而皆高于此，此居南阿美利加洲第六，或云第一，非也。

云龙小憩于华人会馆，曰"惠庆公司"。踵相问讯，无虑百馀。有杭州徐四林者，言府城不守，逸出，年才十二，后充蒋（益澧）营兵，战场被掠，繇旧金山至此，市酒糊口。江西李某贩米至自秘鲁，云获值倍，然税重。广东潘（祼则）为商冠，招饮，以不饮辞，坚留一饭。其铺三，一生隆，一和生，一和安，其司事刘（福堂）亦江西人，馀籍广东。人影在地，难可独归。送至轮船者六人，其一为千总黎（汝政），盖将同舟往秘鲁者也。自言昔侨秘鲁，为其国造铁甲船，司工而不司费，六阅月船成如式。智利之役遁巴拉马，中道轮舟汽罐壅不可行，客

华人踵相问讯

多泣下。舟主传语，谁欤克修，酬银三千圆。黎自应之，历时四，钻孔三十有六，舟行如常。后见郑大臣，令回广东，曾捧檄入西局，为彭尚书造营炮。然入自光绪十一年冬，明年夏即出。夙资一罄，海贾复为，亦一冯妇也。听语未终，慨然一再。

六日　晨起有登舟售菠萝密者，云它产无如瓦亚基之佳。金鸡纳霜亦产自埃瓜度国，以木皮制，治疟奇品也。此埠前十八年（千八百七十一）岁计来舟一百九十，吨数四万二千九百十三，自法郎西居多，其输入值六万七千四百八十六磅，其输出值二十七万七千七百六十二磅。所出莫多于哥葛鸦（食物名），今则出入倍。午正行，未初出湾，少停，关船来视，复行。

可可出口为最大宗

七日　卯正泊摆达，此秘鲁北境第一良埠，属比五纳部。在部西百八十里（秘鲁里九十），自瓦亚基至此计七百二十有六里（海里二百二十），南纬五度五分，西经八十一度十分，通比五纳部火车约需二时。其部林地农地皆藉安地师山一脉之水，而摆达一埠无可饮者，亦引自内地。赤日黄沙，草无一碧，沿海童如薙如，过此诸埠比比然也，终年无雨而潮咸不孳。然山之东霖雨靡休，未可概从此例。摆达岁泊别国轮船二百数十，其输入载数凡十八万布些有奇。鸡子五十枚才值银一角，抑何廉耶！果品或如黄李丝缠，扁核味酸且涩，或如甜瓜，煮食去核，橙桃蕉实之类，并详《图经》。舟客所携有松鼠、有果子狸，又有禽，酷似鹦鹉而小四之三，喙不红而黑，呼之为北野

终年无雨无可饮者

14,12,8

哥司。

八日　辰初泊比民太耳（一译平民得），计行五百有六里（海里一百五十六），南纬六度五十五分，西经七十九度五十四分，在倚鼎岬西北二十里（秘鲁里十）。水浅泊难，距岸五里（海一里馀）水三十尺，轮舟所泊在十一里外（海三里半），土人运载辄资木筏。未正泊先得布拉司埠，计行二十九里（海里九），南纬六度五十五分，西经七十九度五十四分，岬突出。其沙阜二，南阜高且险。内地二山相去海岸一二十里（秘鲁里十），高千九百尺；一四十二里（秘鲁里二十一），高二千四百五十尺。海上可见。戌正行。

此埠经纬度同前，疑误

九日　丑初泊八嘎美押，计行百一十二里（海里三十四），南纬七度二十五分，西经七十九度三十七分。临水屋鲜，正埠在其东南，户二千馀，当八嘎美押岬之北，麻拉布里可之西北，二者之间岸洼而险，距六里馀（海里二），深六十尺。安可那岬距麻拉布里可约四十里有奇（海里十二有半），行舟在三里外（海里许），近则有暗礁。产米，华商梁（文祺）来，自秘鲁买米而返（铺名宝芳），遂同舟焉，解日斯巴尼亚语而未尝金玉尔音，此亦一助。为云龙购一古陶器曰“芝渣哈罗”，土人呼粟粥曰“芝渣”，呼瓶曰“哈罗”。此四百年前物，今复出土。文朴拙，形类葫芦，然上节环管曲通，即出粥处。

萨拉韦里在特鲁西略南十四公里

未正行，酉正泊沙鲁尾耳，计行二百二十七里（海里六十九），距笃六溪约三百里（英里百），有火车道。

先是日斯巴尼牙人比沙路创立，而古迹古器往往而有，其人万八千。华工初困田寮，领事既置，工身尽赎；然闻赎后或自买，如笃六溪约，隐毒犹有馀者，所未详也。产米与蔗，智莫山谷地最腴。沙鲁尾耳人约千六百，水三十尺至三十六尺，通舟铁栈，运物便之，无风而波。未泊以前见岛二，一长形名“脸得罗”，一斜砧形名“伊纳得瓦押”，并出鸟矢。既泊，见西南数十里有山如钟，名“写绿冈板牙”。谓钟曰“冈板牙”，谓山曰“写绿”，此日斯巴尼亚语，英吉利语曰“昆巴罗”，方音略转，钟义则同。

契约华工约满后选择续约

十日　船载增糖六千，米千五百，并以包计；牛二百，豕百馀。其牛以绳系角，悬辘轳而上，每牛酬载资银十圆。三豕同登，系足以绳，号声搅耳，不似牛之寂然，载值辄五圆。

短程邮船人货混载

十一日　未初行，西正泊金博汀，计行二百有四里(海里六十二)。埠依沙峡，在费路耳湾北岸，湾以勃良可岛及陆地而成，形椭圆，长约二十三里（海里七），宽约十三里（海里四）。内有小岛。又有金勃低岛，与铁比生岛相近处一岛曰费路耳，此勃良可北大岛也。又有勃良可石，甚巨。勃良可岛侧多岩石，而金博汀埠前泊舟良便。戌初三十分行，亥初泊裳莽谷，计行四十九里（海里十五），南纬九度十五分，西经七十八度二分，秘鲁海岸大湾也。由西北至东南袤十九里（海里六），广半。湾口之南为裳莽谷岬，北为西路岛，口一十八尺，湾内水一

14,12,12

百二十尺。东南岸一渔村，当尼纳河入海处。南岸沙多难近，水黑不可饮，河之左岸有井，汲引赖之。输出为米、棉、木、畜之属。是舟增载豕百。

十二日　丑正行，经埠二，曰格马，曰华美，并以疫闻，未之泊也。午正泊粟碧，计行三百六十三里（海里一百一十），南纬十度四十九分，西经七十七度四十七分。倚山为居，率多板屋，屿麓一洞，潮入复出，山水所润，遥瞰蔗青。戌初行。

十三日　丑正至嘉里约，天晓，乃下锚泊定。中间舟经瓦足部，距粟碧百三十二里（海里四十），未泊也，瓦足至此约百六十五里（海里五十。按：自粟碧至嘉里约海里九十），南纬十二度四分，西经七十七度十三分。自摆达至此二千五百二十四里（海里七百六十五），自巴拉马至此凡五千三百五十五里（海里一千六百廿三）。灯台峙六十尺，高于海面九百八十尺，色黑，定光达三十九里（海里十二）。

卯正，秘鲁医士来舟审视，无恙，海关长复来，曰待中华使署官来乃登岸。辰初林代使（怡游）、刘领事（福谦）偕郑、梁、张诸随使照料下舟，至火车头少憩。辰正乘火车行二十四里（秘鲁里十二，英里八），巳初至利马，为秘鲁国都（经纬详《图经》）。乘马车投旅舍，曰“福来西司因立水”。问值，曰日银三十圆，势难骤出，且居。其次日减三之二，餐浴在外。别寻客寓，值较廉，然外人视之，于国体不无关系，遂假馆于养和堂之楼，若

旅馆太贵借居华商

案，若榻，若地毯，类皆借移他所。

十四日 徙养和堂，日食则购自华人所设饭馆。居停主陈（亨）有元龙风，擅雕梨艺，郭（庆飏）师和缓术，堂名以此。对门曰怡和堂，是陈与王（安）贸易处。王乐为善，先是华工琐尾，不盲辄盲，无告无归，遂恻然，与前刘代使（亮沅）议立盲工院，解囊以倡。明年通惠总局工蒇，将藉屋租以继此需也。时游瓦足未归。

盲工院

十五日 华商愿见者多，刘领事曰可以偕访。即见即行，半日而归。

秘鲁学者携著来谈

秘鲁人约西（名）苦罗背路左（姓氏）闻云龙急于咨度，遂携所著利马学问报告来，谈移时，曰：恨不易舌而语！半面之悬切如此。

十六日 林代使导访美利加使北客，据云出使巴西者瓜期同近矣。商广经源之李（应鸾），其兄与云龙之仲弟鼎丁卯同举于乡，能诗。永安昌之梁（敦豪）、和昌之梁（慎豪）、荣盛之黎（子荣）亦至，谈地理、食货，甚悉。

十七日 刘领事导游王家花园，曰“科仑石会”。其题“科仑”，不忘探地之始也；其称“石会”，译言方也，园方故名，造自同治十一年（千八百七十二）。其朱藤为直干，为巨本，与中国柔条异，始花。榴亦花，为白、为淡黄、为浅红。别有花似山茶而单，与广东红花同。夹竹桃高二三十尺，木夫容树转低，并花；而玉兰花未着，本高四十尺。“括生野出力”云者，译言千年草，大于蒲数倍。“北哈里多”者译言雀子花，其本高三十尺，叶细如

14,12,18

皂荚树，花似豆花，瓣黄心红。马缨、月季，杂露丛林。先是动物罔弗备，智利之役，狮豹类皆攫去，今存熊、狸、鹫、鹅、孔雀、鹰爵之类。鹰有异种，较大，产秘鲁之非掩得斯埠。凡有血气者，鲜克高逾万五千尺，独此飞以二万尺为率。池侧一鸟曰“白里痕”，鹅身鹰翅，喙长尺许。别一大池有桥有艇，点缀略寓活机。临水一屋，中立印甸土人古碑（详《图经》），屋前立费力氏铁像，费力氏即罗马古美也。

又游国监所，地居园左，无死刑，然急流灌顶，亦未见之酷刑（详《图经》）。　国家监狱法无死刑

出游铸钱局，遂游矿务学堂。罗列矿质，辨之等之，试之析之，有图有说。有师十六，有弟子二百，其凿矿器藉水压力逼钻石，钻端四棱，石遇之成孔，复爆以药，即开。

日夕而归，同舟之梁偕其同事古（益受）、永同兴之江（旭亮）来，适陈（亨）言东义会馆垂成，中祀壮缪，求书柱铭，愿嵌东义二字。假笔应之，曰：“东壁迈西园，正庙貌成今，神髯犹昔；义浆注仁粟，愿侨居聚首，归里同心。”　华人会馆中祀关公

十八日　早起纂《图经》。申正林代使导访外部长阿耳沙抹纳，同见伯理玺天德，盖外部署与宫通也。巡捕长冠裤并红，衣绿，以金缘袖，佩长剑，剑首及地，候门延入。少坐，伯理玺天德出，其面左战时创痕犹见。握手坐问来途去路，即言明日特备火车，约游基格纳山而别。

十九日　游基格纳山。作记曰：

南阿美利加洲山以安地师山为宗，秘鲁之基格纳山亦其脉也，而非极。然五大洲山之铁道，高莫高于此。向例，火车日惟辰初一上，辰正一下，并历时四（上讫申正二刻，下讫酉初二刻），今日之车，来日乃下山半一宿，游者苦之。

是游也，前一日秘鲁伯理玺天德面约，一日往还。至是备车二，一正，载客也，一副，载乐工也，车停乐作，礼也。主为外部与吏户兵刑诸部长，宾则各国使臣参赞，林代使、郑随使与焉，云龙偕招游者如约往。宾主凡二十有二。铁道之度从英不从秘鲁者，修自美利加人也。计里计尺，辄自嘉里约始。嘉里约至利马八迈，高四十八尺，为兹游所未经，以辰初一刻五分车发利马，行十迈有四分之一（距嘉里约十八迈有四分之一），经三达拉嘎，高一千三百十二尺，计自海面，非计自利马也。下数视此。又十五迈有半，经职西格（合前三十三迈半），高二千八百三十二尺。又十三迈有半，经山希多洛米（合前四十七迈），高四千九百十九尺。又四迈有四分之一，经阿古瓦维五格士（合前五十一迈有四分之一）。常车经此不少停，以视铁桥故，停车步桥。桥跨两山，下深英尺二百五十六，以英九华十计之，即华尺二百八十也（法尺百廿）。长三百尺，合华尺三百三十。恃铁绳横柱力居多。铁栏木板，车轨繇中。上车复行

各国使臣同游高山

海拔最高观光铁路

14,12,19

四迈有四分之二，经钻葛（合前五十五迈有四分之三），高六千六百六十五尺。又七迈有奇，车停麻多格纳（合前六十三迈），高七千七百八十八尺。

午初矣，餐席二，云龙预第一席。外部长举觞属曰“萨鲁”，译言相祝也。乐三作而毕。复行，留此者半。行六迈有半，经丹钵尾宿（合前六十九迈半），高八千八百七十尺。瀑布伏流山凹，时露石罅，雪如沸如，无虑百尺。半月前山水骤发，损居庐漂蔬谷无算。又四迈半，经丹博拉格（合前七十四迈），高九千八百四十三尺。又三迈半，经沙马牒约（合前七十七迈半），高万五百三十尺，其村居车路下，俯瞰之，屋不逾百，夹流而居。又二迈许，经布湾牒因飞拉宜约（合前七十九迈有四分之三），高一万九百二十三尺。吸水筒立道侧，曲引自岩。又二迈有四分之四，经弯笛笛安奇（合前八十一迈四分之七），高一万一千三百尺。又二迈有奇，经埃约布朗葛（合前八十三迈），高一万一千五百四十三尺。又三迈有半，至基格纳（合前八十六迈半），高一万二千二百二十尺。自利马至此七十八迈有半——英里也，合华里二百三十四里有奇，合之嘉里约达利马之八迈，约华里二百五十八里有奇，测山高低表与所问符，非臆测也。

凡高海面万尺以上，酸素渐绝，空气弥轻，呼吸之难以抵力减，故肺气壅者辄眩。或曰嗅蒜宜如；高 高山反应至万五千尺以上，毛血或出，不易禁也。中道之止半以此，德意志使勇于游而亦觉不支，云龙则否。然铁道议不止此，工停未蒇。其上地名峨罗里牙，则银山矿也，约五十九迈，综计之一百四十五迈，合华里四百三十五里有奇，高一万五千六百五十八尺。其工始同治九年（西千八百七十），讫十一年（西千八百七十二），美利加人点格士造之，有立相悬之火车场，其费银二千一百八十万圆。麻多格纳以下，仙人掌怒出沙砾，皮毛作白霜色。山涧四出，杂树夹滋，棉蔗分润，亦油油然，而山辄童。过此以往，峦高转秀，虽乏巨木，而棕若蕉一碧千丛。山骨嶙峋，率粘苔藓，六如、文与可画幅视桧下矣，非雨无间日不逮此。

是日，白云出山麓逐车行，午初复漏日影，温度七十五六。渐高渐阴，才及万尺，而雨微如毛。憩基格纳则雨如注，衣履尽湿，避之廊。少顷旋车，时申正矣。中止，餐如前所经。隧道三十有九，或洞岩腰，或贯壑口，约略计之，共长一万七千八百五十尺（由下而上：一长三十丈，二长四十丈，三长三十丈，四长六十丈，五长廿五丈，六长十五丈，七长二十四丈，此未至麻多格纳以前也；八长四十丈，九长九十丈，十长廿丈，十一长五十丈，十二长廿丈，十三长廿丈，十四长廿五丈，十五长百丈，十六长三十丈，十七长九十丈，十八长六十丈，十九长廿丈，廿

穿山隧道三十有九

14,12,20

长四十丈，廿一长三十五丈，廿二长五十丈，廿三长三十丈，廿四长四十丈，廿五长三十丈，廿六长四十五丈，廿七长六十丈，廿八长一百廿丈，廿九长五十丈，卅长百丈，卅一长百丈，卅二长十四丈，卅三长三十丈，卅四长四十丈，卅五长十四丈，卅六长九十丈，卅七长四十丈，卅八长五十丈，卅九长四十八丈）。既斜且曲，轨罔或阻，而议铁道者方啧啧谓难在必直必平也，盍亦至基格纳山一游？

二十日　访智利使臣索护照，据云信斯可矣。午后游中华通惠总局，名定于前郑大臣，其地值万八千圆，修费如之，赀集自商居多。明春工竣，寓客月租约银三百圆，藉济盲工院经费，洵善举也。越数日，同人属云龙书匾，即“中华通惠总局”六字。并作联，曰：“尝六万里艰难，权作寓公，相助当如左右手；历五十年生聚，每逢佳节，何人不起本源情。” 通惠总局为慈善谋

二十一日　罗马教使函致林代使导游尼院。此院难可轻游。尼弗与人握手为礼，与不授受义符，亦一变见端欤？至则见老尼二，其一有须。引视女学堂、受戒堂，亦洁亦静。凡愿尼者住院二年乃定，不削发，白布冠如风帽而不曳尾，仅仅露面，四围密排布管似鹅毛菊。女学非学为尼，乃以尼为师也，学字，学文，学画，学针指，学音乐。尼七十，女生二百四十，内有八十不住院，以时入学，然无父母与有而远出者亦宿于斯。云龙归绘秘鲁图。戌初智利使招饮，坐有日斯巴尼亚使。是日往还十二里 修女院

（秘鲁里六）。

二十二日　刘领事导游三达嘎拉田寮，即前游基格纳所繇道。不曰糖寮曰田寮者，不以糖限也。秘鲁此为大宗，详《图经·考工》。寮有园，卉木灿然，茉莉香尤烈，小蜀菊高辄数十尺，花叶无异。有池，可浴可灌。有鸟长不及寸，毛绿杂赭，喙似啄木，飞类蛱蝶，采花心食之，名“碧格福罗尔”，“碧格”之言啄，“福罗尔”之言花也。或曰化生自虫，殆蝶而禽欤？堂后七椽，不壁不帘，以铁条作格，空气既通，园景时挹。寮主匡罗纳携其子一饭去，盖家在百野治，亦一田寮也。其制糖法述自华人温水，是其工长。华工会馆曰“忠义堂”。

游之少憩华吉坝，田寮主垒额西牙至，乘车与俱，经大小桥各一，据云成自独力，银三万圆，取运蔗也。桥下为山水径道，支流四出，短桥无算。轨道两旁皆其蔗地，种一获六，六年更植，断续交济，宜阳忌阴，宜燥忌湿，秘鲁之无雨处为宜，否则浆多而淡。其寮司事人四，土工二十，华工八十；日支银三角二分，或四角，或八角，视工有差；米各二磅。无制糖机，制自三达嘎拉八十之六，岁制二万石。厥地亦种棉，棉胜它产，花实参半矣，岁产七八万石，密挞耳堞所织以此。

导云龙步亩视所用机器二，并抵马力一十有六，购自英吉利。一东一西，相去千尺有奇，若耘，若犁，若种，类此均可易器，就机时以器犁斜张如翼侧用一面。蔗根代煤，机动则轮卷厥链而西，转东亦然，朅来如指，事半

农业机械
蔗根代煤

14,12,23

功倍。

复乘车至其寮居，背山带水，生面别开。距寮数十武，一联在门，汉字也，问之，曰亦华工会馆。国人祀天主，不容耶稣一堂，独关壮缪听华人祀无异词——寮主之言如此。昆季弄琴，或纸或铁，易之则自成一调，以机不以手也。饭后夕阳在山，登车旋三达嘎纳一宿。是日行四十六里（秘鲁里廿三）。

二十三日　早，云龙借马（秘鲁马良，而田间用镫不皆铜也。以坚木穴半为之，足难便捷），梁、庞同之，与寮友而四驰视蔗工。其犁与运，用马亦用牛，向闻外国牛不耕种，可菜也，亦不尽然。横溪断径，一策渡之，迷蹊半道，危埂四交，与中华农庄未为大异。行约二十里（秘鲁里十）乃返寮居。午初，刘领事复导乘火车游密挞耳堞之棉花工厂（详《图经》），秘鲁工厂绝少，此其鲁灵光矣。厂主见其子四，以酒当茶，视工而返。是日行五十有八里（秘鲁二十九里）。 秘鲁工厂绝少

二十四日　访林代使，又增通事姓潘氏，藉访秘鲁邮政。

二十五日　购广东鞋，银四圆。诹秘鲁学校。

二十六日　访秘鲁铁道分数异同，又访兵制、兵事、兵船、兵器。

二十七日　访知秘鲁以外交胜。

二十八日　同舟之黎导游果园，土人谓果曰“漫伞”，园曰“我得”。乘车行约四里（秘鲁二里），入门大

似乡庄，围约一十有六里（秘鲁八里），本银一万五千圆。果木无虑万千，加非实如樱而青，时未熟也。或高木细花，或低枝巨瓣，问名录入《图经》，然难更仆数。梨、桃、葡萄、频婆之正类熟。有肩果筐者出林，睨之华人也。日光透叶如炙，虽水声交送，未觉减炎。欲归，园主赠频婆一，谓之“漫三”。皮红处有日斯巴尼亚字一行，字旁则青。其法以纸镂字，帖向日之青实，历日七，则字与实红，而纸下仍青。

此频婆应是苹果

二十九日　访秘鲁国系，及其立国以前代系。午后乘车往别外部，催巴西使护照。

15,1,1

游历秘鲁图经馀纪下（智利附纪）

花翎二品衔、直隶即补道、总办北洋机器局、前游历使臣傅云龙述：

十五年春正月一日　阴　秘鲁以阴为好天气。晨起乘车至代办使署拜万岁牌。归，中华通惠总局董事偕华商十数来，来者皆衣中国衣，所谓唐人街者，几忘其为海市。爆竹弛禁三日，元日已无虑值金数千。将有巴西之游，云龙检点行装，迫甚，而求书楹联者，上灯犹濡笔也。 唐人街春节景象

二日　未初乘马车行。侨梨惜别，爆竹送之，近火车头声犹未歇，送者四十，而分袂于嘉里约居四之三。车行二十分时，约二十四里（详前）。未正登轮舰，酉正舱位乃定，林、刘、郑、梁、张亦归，戌初三十分轮发。按智利公司汽轮十四，不及英吉利公司之夥，行自嘉里约者九，行自巴拉马者五，此则巴拉马之一，名“伊达达”，长三百尺，宽五十八尺，机器视马力二百四十，转锚机轮 游利马十八日

在首，露链，左下右起，一拨即行，一扭即止。上层舱门东西面海，有廊六尺，廊外九尺，可瞰下层。支棚以布，取障日也。夜燃烛，无唤人电机，盥有胰。间日屠牛一。

三日　辰初泊淡木耳抹林，计行三百九十二里（海里百十八里有馀），南纬十三度，西经七十六度。此属倚格部，无峰，一沙埠也，水底泥多，约一里有奇（海里半）以外水深三十尺，轮舰泊四里许（海一里馀），在淡木耳抹林河入海水口之北，忌西南风，与金嘉岛近。岛出鸟矢，岁辄二百六十万吨有奇。工一百五十，半华人也。金嘉岛木实亦夥。

辰正行，巳正泊比士谷，计行四十二里（海里十三），南纬十三度四十三分，西经七十六度十六分，倚格部之埠最也，距倚格四十六哩（秘鲁里二十三），埠在比士葛湾东南，泊距岸三里有奇（海里一），忌南风，谓之“巴拉噶司”，风起辄蹙额。有起货栈，铁木相续，凡二千二百有五尺三寸。埠人三千，水甘甚，酒名“比士谷”者出此，一名“伊大利鸦”，或曰以工名。又出火酒、葡萄、豆、枣、棉花、白糖、磁泥，鳞介充斥。申正行，酉初乘巨风低昂而出珊沽卢昔峡，怒石赭黑，吸涛复喷，石顶黄白，则鸟矢也。

四日　辰正二十分泊洛马司，计行五百一十八里（海里百五十七），南纬十五度三十五分，西经七十四度五十四分，在洛马司岬北，水深四十尺至六十尺有差，虽黄沙漩底而泊便。地以河润而腴，然饮水逊，是以倚格部

15,1,5

人夏浴于斯辄携饮水。火酒著名，又有所谓“常喀喀”者，红糖也，厥产多于白糖。草木蕃滋，宜工宜农宜牧宜渔又宜商。午正行，潮云翳日。

五日　辰初泊基耳根，先于埠口停轮，少顷乃进，计行五百六十一里（海里一百七十），南纬十八度五分，西经七十二度四十九分。岛色黄白，在活龙里约岬西北，其水不深，舟人至此辄以绳度水。巳初行，午正泊莫连夺，一译抹脸多，计行七十二里（海里廿二），南纬十七度，西经七十二度五分，属莫格谷瓦部。

六日　卯初泊阿列格，计行四百二十五里（海里一百廿九），南纬十八度二十八分，西经七十度二十三分，属达格纳部，距达格纳六十里（秘鲁里三十），有火车铁道。部治山顶，自埠岸视之，非晴天不见也。先是道光十五年前（千八百三十五），埠属玻利非亚，后属秘鲁，今则智利据之；属此属彼，期满十年乃定，然关与官皆智利主之。埠首税山壁立三千尺，长倍而顶平，有炮四，旗一，土人呼山曰“末骆阿列格”。海关税四十二年前六万四千六百磅，今数有增。别有小岛，在一线洪涛间，其少凸处峙台一，泊处见之。其炮台在倭罗支山，或曰凉时可见雪山，是安地师山高峰之一。天晴无云，可见阿勒吉拔火山。海岸一栈，造自咸丰二年（千八百五十二）。而是舟泊距岸一里有奇（海里半），方呼艇登岸，万利号之黄（唐）马（景）陈（胜）诸商适来，乐为导游，勉留一饭，随问随答，停贸者数时。

阿里卡港1929年正式归智利

据言游历官虽为学术来，然较无一华官至犹胜，否则贻诮，当何如耶？望兵轮如望岁。智利之役，华人死十有九，劫赀万，以未设官，弗克与西人同偿。此地兵百，或曰道光二十六年（千八百四十六）人才三千五百，今人约五千，华人百许，其间浙江人一，姓蓝氏，湖南人一，姓杨氏，馀籍广东。会馆一，曰新胜堂。商以万利为巨擘（梁文祺，其司事也，曾至此），次为和隆；又酒馆五，一林富，一关炜，一林德，一张养，一陈生与林括同开；而巨贾则英吉利、美利加、法郎西、德意志、义大利居多。埠北直街二，道亦整亦洁。物产玉米、瓜果、葡萄、马草、金、银、铜、锡，而以棉花、羊毛为最。山羊皮则出玻利非亚，土人呼“米衮牙”，译言山羊，产山雪中，能却寒，毛黄，其等有差，领毛为最，次足毛，又次身毛。此外有埠曰理登纳，去此埠四百里（秘鲁里二百），华人百，商一二耳，馀皆工也，会馆曰联义堂。又有埠曰理宜格，去此二千里（秘鲁里一千），华人不及百，有佣无商。二埠物产与阿列格略同。

华人多广东籍

华人多佣工为生

记毕归舟，智利疆吏名先谋司，官犹中国巡抚，道左迎见，握手祝风顺。云龙以未遑趋访答之，握手而别。华商送至舟者九，劳之则曰：彼族且欣欣然，何论我辈！戌初二十分行自此，同舟者美利加出使玻利非亚哈罗礼，携妻避暑。据云，玻利非亚东西皆安地师山，山东凉甚，过其东山下见阿马所纳河，即巴西东境，一若近甚，然雪山险，难可行，故航海纡南而北。玻利非亚矿多而崎岖，艰

15,1,7

于运行。其国都地高万五千尺，空气太轻，呼吸匪易。低低嘎嘎湖与秘鲁连，五大洲最高湖也。

七日　卯初十分泊碧沙湾，计行二百三十一里（海里七十），南纬十九度三十四分，西经七十度十七分。岛麓三百馀户，了了可数，无一卉木，巉石争出，峦高处三千馀尺，长七千馀尺，炊烟时露。此地产硝，据舟子言，黑鸡笼湾西北四十五里（海里十五）有碧夹罗岬，过岬水石粼粼，航者远之，恒风且巨，泊以碧沙湾岬西北为稳。岬距碧沙湾约一里弱（海一里四分之一）。西北水深五十尺，碧沙湾岬北八里有奇（二海里半）有碧沙湾河，可以润地，一年水多之时居四之一，然水黑不能饮，所饮皆井水也。午初行依屿，厥色赭墨，裂黄沙纹如叶上筋。或曰路也，如绣如绘。

申初三十分泊意基吉，计行百二十八里（海里三十九），南纬二十度十二分，西经七十度十四分。五大洲硝山以此为最，岁出一千四百万石，以每石约一百斤计之，是为华斤十万四千有奇。其工与山厂、水埠济工之商凡四万五百有奇，其中华人六百有奇，或曰二千，讹也。又有盐，与银铜沙并伙，欧罗巴洲之酒船来辄数十，归载硝盐而去。对面一埠，乌矢输外。又上一埠，银铜沙埒，此秘鲁精华也，而智利宝之。欲游不果，缘往还计时小艇已需四十分，矿山火车又需四时，而轮舟酉初行矣。未行时万和之谭（芝云）与它商黄（德记）、邓（祥）、陈（政）、叶（成霖）、雷（贵）、李（兴贵）、林（公升）至舟，

年产硝石世界首位

欧洲商船以酒易硝

中华会馆四所

林籍福建，馀皆广东。饷之洋酒，藉诹崖略。是埠中华馆四：一聚义堂，一忠勇堂，一同盛堂，一协义堂。

八日 将观日出，远岛障之。辰初四十分过一岛，近舟千尺有奇，名“墨西约林司”，其形平而盘旋数层，中凸一顶，如冠结，无居无木，殆繇无淡水欤？无风而舰摇甚。未初十分泊安多法嘎士达，计行七百二十六里（海里二百二十），南纬二十度二十分，西经七十度二十分。前此过埠二，曰多葛碧，曰葛尾喀，均未之泊。是埠户千有奇，银矿二，远近有差，析之融之工厂即在水埠，烟筒双支，火车一道。英吉利驻此领事拔罗纳笃来见。询知硝工大率设自智利，而矿厂多设自英吉利人，匪独是埠然也。华人约六百有奇，岛壁之土外赭中黄，划字于其上，指泊所也。盖埠之左右危石激湍，中间二十尺则否，藉非无雨末由，土壁留字，此亦创见。浪花乱沸，海狗时见，帆舟一十有一，樯绳如织。此船增载铜沙千包有奇，酒桶数百。酉初二十分行。

矿厂之设多英国人

九日 卯初三十分泊叨特拉耳，计行三百六十三里（海里百十），南纬二十三度二十八分，西经七十度三十八分。近埠银矿二，火车通之，工千，其厂亦在埠。岛高七千尺，埠依厥麓。其兵八十，其户五百有奇，其人数千，中有华人十馀，亦工亦商，商惟沽酒。埠前水平，泊者便之。巳正行傍岛，其岛辄肖锈铁。午后湿云顿扫。

申正泊千列拉耳，计行二百一十七里（海里六十六），南纬二十五度一分，西经七十一度三十九分。倚山

15,1,10

凹凸，石骨苍黑，天然掩映，较前数埠一览而尽者差胜。其户千馀，其人四千馀，华人不及二十。同舟者二，一彭，一何，何曲工也，日获银一梳，即一圆也。近埠矿山或十馀里，或倍，工厂在埠如前。戌初行，海风渐巨，温度骤减至六十五，记早间犹七十度也。

酿酒华工日薪一圆

十日　丑初泊嘎列纳，在沙漠间，临水而不依山，矿厂如前，教堂突出埠中如塔。巳正四十分行雾中，午晴而风，距岛少远。申正泊嘎里沙耳八火，计行二百四十里有奇（海里七十三），南纬二十八度五分，西经七十一度十五分，在沙漠微起处，背山而非倚麓，左右山亦略远。户数百，工厂烟筒二，帆船四五。大风鼓浪，海兽辄露首尾。酉初十分行，酉正风浪转甚，有石数十错落而出，高二十尺有奇，低或二三尺，鼎彝铜绿，庶几近之，假山形似，畴克臻此。戌初四十分泊瓦司古，计行八十二里（海里廿五），南纬二十八度二十七分，西经七十一度十九分。增客并舱位，云龙亦让旧榻。亥初行。

十一日　辰正二十分泊葛根博，计行二百二十四里（海里六十八），南纬二十九度五十五分，西经七十一度二十五分。前此沙漠居多，石偶点缀，此则不翅碎石和土装成也。长千尺有奇，如半环然，顶植十字一架。靠山带水，结屋千百，庭院辄树卉木，石罅怒发仙人掌之类。农亩半青，遥相映带，虽亦不雨，生意则滋。山后人烟直上，与铁道火车烟续。上船妇孺竞售葡萄、频婆、梨、桃，微独此埠然也，而此兼售衣与襪，白布为之。又有无

农亩半青生意渐滋

花果饼，形似中华柿饼而大五倍，视之，相合而成，非一果为一饼。午正四十分行，舟子言，此去伐耳巴来所，风浪易起，信然。

十二日　辰初至伐耳巴来所，计行六百六十里（海里二百），南纬三十三度一分，西经七十一度四十一分。自嘉里约至此，直行止三千九百六十里（海里一千二百）即已泊埠，进口曲行七千四百三十八里（海里二千二百五十四）。

移时，永安昌之麦（汝森）、医士区（德光）、酒肆邱（福）来舟，为觅小艇登岸。海关吏言：关长未来，且留行李。遂先至堞阿道骨街郁多里亚酒店，是华人陆（满）所开，出游矣。司事者何（联书）特制华食，两餐便之。是店岁入银二万圆，然房租六千有奇（月五百馀），它费称此。亦宿亦餐，故曰酒店。华商以永安昌为最，馀多贸酒。午后行李来自海关，未之开视，麦之力也。

华商酒店岁入二万

伐耳巴来所是智利二十三部之一，《瀛环志略》仅记八部，此未之及。距其国都三低鸦谷百八里（智利里五十四），有火车路，然其伯理玺天德时避暑于伐耳巴来所部之美牙马埠，官绅在都绝少。

晡后，智利人为云龙剃头，用胰不用水，剃后洗以水，发根扑粉，此与纽约少异。香水浇发，未能辨也。索银一圆。寻至燕宜秉礼射街游中华公司。董事李（吉）、黄（贵）往国都矣。见钟（贵）、廖（安）、陈（公宾）

15,1,13

等。少憩，孺子环立，问之，华父，而不解华语。初游美利加、秘鲁皆无夜市，此则昼市转逊。上灯初，麦、区导游，观者如云如蚁，遂憩邱福处。乘马车归。 华人二代不解华语

十三日　巡捕长野思兵得纳携其属吏二来访。其通国巡捕三千有奇，此埠居十之一，官二十五。又有前伐耳巴来所疆吏参赞名龙和写马利牙立东遮亦来，言伯理玺天德愿一见也，以明日为期，允之。复约至其家茶话。

十四日　早微雨，游秘鲁以来见雨始此，去年七月（西八）雨多，山顶一塘水溢，损人一百，房六七，物值银二十万圆，遂免月税，以银二万圆赈之。街道或用石，或用英吉利砖，或筑泥，坚甚，而从横画方如棋枰，修自其国政府，然民间按户月支银二圆，街灯街兵出费有差，雨潦之不积职此。午初忽来一人，名阿乌鼎，姓尾耳林氏，自言纽约人，在此立保险公司，其女制册，分国题至于斯者之名，闻大清游历官至，其父为之携册求结衔署名。册中题名夥，而华官名自云龙始。钤小章曰“云龙印信长寿”，欣然称谢，留照相而退。岂海国亦趋风雅欤？ 街道齐整费出民间

午正乘马车至火车头，未初二十分火车展轮，四十五分过马达乃罗，少停复行，未正二十分至美牙马，亦水埠，在伐耳巴来所东三十六里（智利里十八）。龙和写马利牙立东遮亦至，遂见伯理玺天德，握手问起居，其母坐左，亦握手，曰“先堞士”，译言坐也。云龙言：遵朝谕游历，得见甚幸。答曰：远来得见，甚欢。问出游大旨， 智利总统握手为礼

遂言“所到罔阻，所询无隐，但行期速，未克相助畅游耳”。子女环坐，或默或语。辞行复握手曰“阿利约”，译言再会也。时火车未至，遂游一小园，卉木瓜豆罔弗备。未正二十五分登车。伯理玺天德驰使至车，语曰当以一小影赠云龙作纪念。四十七分经海岸炮台而西，申初二十五分易乘马车归。司日报者基良太木（籍美利加）来问行踪。据云，智利日报馆二十，其半在此。问气候则云波迭猛士一年平均五十六度。

记者来问行踪

十五日　伯理玺天德使来赠小影一，署其国文于角，译曰：“和写孟收（其名）麻马西打（姓氏）。现任智利伯理玺天德。在伐耳巴来所水埠，一千八百八十九年二月十三号，赠米士得云龙傅。”按十三号即十四日也。如来使意，以小影报之。麦汝森曰今夕元夕也，就食而去。

十六日　午正将访内务长（外部在都，此兼其事），而龙和写马利牙立东遮来言政府意：合令伐耳巴来所布罗勉祥（译言部也）因甸领德（译言一部疆吏，犹巡抚也）以王家小轮舟送行，盍亦一见，允之。车至因甸领德街，晤内务参赞，言得其长电信，将由美牙马来见，少顷即至，遂见伐耳巴来所部长龙和西臻马山治（姓氏），其水师长龙法郎西士果美野瓦郎亦在坐。未几内务长纳孟八农司拉哥至，坐中无解英吉利语者，问答仗区（德光），而译文则麦汝霖力居多。

十七日　伐耳巴来所部长、水师长来谈，移时乃去。购智利图。先是游瓦亚基，石子穿绒靴头一孔，而乘舟车

15,1,17

非此不捷，以皮包之，值银三圆。忆购自京，原值未半也。闻其国都三低鸦谷有二街，玻璃罩之，此埠则无。

补鞋三圆物价甚贵

云龙游历之檄无智利，非轻之也，期短道长，不得不以无约之国听之舟车便否，独智利乎哉！智利则以在所游中为幸，其使问殷如，其伯理玺天德之愿见肫如，而况巴西之游非假道末由径达，遍游未遑也，不一游尤不可也。于是重违厥意，藉补《图经》所未逮。记曰：

智利在南阿美利加洲之西南，东界拉巴拉他，北界秘鲁，东南界巴他峨尼，东北界玻利非亚。然就形势言，东与东北皆以安地师山为襟，馀以大东洋为带。按五大洲舆图，无狭而长如智利者。其国纬线起赤道南二十一度三十分，今割秘鲁二部，测自达格纳，则起十七度二十五分。二十三部外有麦哲伦一洲，至三十六度而止，长七千一百一十六里（以华里计）。其国都经线起中国北京偏东一百七十二度一十分，讫一百七十四度十分（据西人言，其国都在英都偏西七十二度十分，讫七十四度十分）。以全国言，南偏于西，北偏于东，盖斜长，非正长也。而广不离乎二度者近是，盖四百馀里也。《瀛环志略》谓东西四百馀里，信然，而谓南北四千五百里，非今境矣。

拉巴拉他包括今阿根廷、玻利维亚、巴拉圭等国，其时阿根廷已独立，文中所指应即阿根廷

先是明嘉靖十五年（千五百三十六），日斯巴尼亚既略秘鲁，令亚耳马哥罗率兵攻智利，土人拒之。十九年（千五百四十）复令瓦尔的维亚略地，无几，

然以其名名一部落。三十年（千五百五十一）瓦尔的维亚被阿老敢人杀之。阿老敢者，土人部落之悍者也。日斯巴尼亚莫如之何，以所略地附秘鲁。迨我大清乾隆三十八年（千七百七十三），日斯巴尼亚始有智利土，而阿老敢部落未之服也。嘉庆十五年（千八百十），日斯巴尼亚遭法郎西之变，属地辄畔，智利亦欲自立；日斯巴尼亚伐之，智利求援于拉巴拉他，助之以兵，智利遂自立为国，盖先于秘鲁十年。

智利各省及省会

其部（犹中国省）二十有三，就云龙游历时言，自有者二十有一：曰三低鸦谷（或译散地牙峨），即其国都所在，与多波加耳马河近，部与同名；曰我希银司，会城名狼瓜鹅；曰哥尔乍瓜，治先夺法郎各；曰苦里格，曰达耳格，曰里纳里司，三会城皆同名；曰卯勒，会城名高给尼斯；曰纳布里，会城名治鸾；曰公塞布桑，会城同名；曰比我比我，会城名罗司安黑耳；曰马里格，会城名安格尔；曰阿罗格，会城名吏符；曰格金，会城名印比热阿耳；曰瓦尔的维亚，会城同名；曰纳纳倚屋，会城名孟托；曰济卢迭，会城名安格多（此在都南）；曰伐耳巴来所，会城同名；曰阿公加瓜，会城名先夺非里卑；曰葛根博（或译可金勃），会城名西里纳；曰阿达格马，会城名格比牙波；曰安达法嘎士达，会城同名。割自秘鲁者二：曰答拉八嘎，光绪七年（千八百八十一）构兵，议和而割；曰达格纳，以十年为期，民愿属之秘

15,1,17

鲁，则偿智利银一千万圆，如愿属之智利，则秘鲁亦偿如数。此外又有洲一，曰麦哲伦，会城名邦达阿里纳司。视《瀛环志略》所谓地分八部，复何如耶！

山脉及矿产

其山以安地师为宗，高峰被雪无间时。火山长者无虑四十八万尺有奇，地震时闻，陵谷变迁亦时见也。其水导源安地师山居多，温泉无算。录著名者：曰阿波金托，厥质绿，厥度二十有三；曰渴治约，厥质绿与磺，厥度三十有六；曰高格宜司，厥质绿，厥度五十；曰治鸾，厥质绿铁，厥度三十；曰阿屋野耳，厥质磺，厥度二十有一；曰沦阿比，厥质磺，厥度六十有九；曰孟达柯，厥质绿，厥度四十有四；曰拔宜马比他，厥质绿与磺，厥度三十有一；曰布罗比天纱，厥质绿与磺，厥度十九；曰金治里丽渴，厥质绿，厥度七十；曰土罗洼丽低耳，厥质绿，厥度六十；曰柯丽纳，厥质绿与磺，厥度三十二。

智利官制

其君民主也，五年一更举。今伯理玺天德和写孟收麻马西打举自光绪十二年（千八百八十六年九月十八日）。其大臣凡六：一司外务通商；一司内部；一理刑，犹中国刑部尚书也；一理财，犹中国户部尚书也；一司水陆军，犹中国兵部尚书也；一论机宜。

民俗半沿西班牙

其民俗半沿日斯巴尼亚。先是嫁娶必就教堂注册，教士索费，贫者辄生子乃往，今则报官亦无不可。其民数二百有七万五千九百七十二，中有未嫁娶者一百四十一万五千八百五十八，诚难之也。

物产

其物产，以谷与玉米与百果与麻与淡巴菰为多。其矿，金、银、铜、铁、铅、煤、硝、汞、硼砂，罔弗备。其工制，若革，若毡，若纸，若酒，亦日益精。

财政

其国计，岁入银三千七百一十一万六千有七十圆有奇，此光绪十二年数（千八百八十六年），入税关银二千三百三十七万八百六十二圆三毫六仙，入火车银六百三十九万五千八百二十一圆九毫一仙，入铸银局息十五万一千一百七十九圆六毫八仙，入邮信印纸电线银五十五万九千四百八十九圆一毫八仙，入屋租银五万四千七百三十圆三毫八仙，入街市银三十六万七千三百四圆五毫三仙，入地租银二十四万五千七百一十四圆四毫五仙，入商银四十六万二千五百六十三圆六毫九仙，入印契银四十四万九千九百二十九圆一毫九仙，入杂项银一百有五万九千四百六十圆有奇。其国债，内欠银四十九兆二十二万三千四百九十一圆，外欠三十四兆六十万有一千二百七十圆。

贸易

其互市，中国物以茶丝为最，岁售湖北茶七百石（一石百斤），约七万斤，值银九万圆（永昌号售茶最多）。广东丝物岁值十万圆。其税关，建自政府者五。其进口货单由舟主交关。其商物栈，租不至三十日者不收，否则以三年为期，过期纳租，转旧作新。倘租弗之纳，则关长权得以货市银，以银酬租。

其度长短所谓舞度路者，约中国二尺六寸七分。

15,1,17

度量衡

其权轻重所谓机罗者，约中国二十六两有八分七厘。每机罗约一千杭毛，每百磅约四十六机罗，每磅十六昂沙，约中国一十二两，每昂沙约中国银七钱五分。

其税章，或征百之三十五，若米，若磁器，若丝织，可类推也；或征百之二十五，若酒，若药；或征百之十五，若时辰表之属，难更仆数。

币制

其钱法，铜之属六：曰一仙，曰二仙，曰二仙半，曰五仙，曰一角，曰二角。银之属二：曰半圆，曰一圆。银钞之属八：曰二圆，曰五圆，曰十圆，曰二十圆，曰五十圆，曰百圆，曰五百圆，曰千圆。其银行钞，政府出令收之。自光绪十四年始（千八百八十八），先收一圆、二圆、五圆也，以五年为期；又五年，收十圆钞；又五年，收二十圆钞。由少而多，意欲商钞之皆无，庶乎国钞之独有也。

铁道里程及造价

其火车，光绪十一年（千八百八十五）入银六百有八万八千一百七十八圆，出银三百八十万有五千四百七十三圆，实获银二百二十八万二千七百有四圆；明年入银六百四十三万三千三百九十三圆，出银四百有二万七千三百四十三圆，实获银二百四十万有六千有四十九圆，此有增无减证也。其铁道大段有八：一为一百四十六万八千五十尺，工银四百六十九万四千九百圆，是每二千六百七十尺用银八万五千三百六十一圆也；二为三百四十四万四千三百尺，工银六百九十九万一千九百六十九圆，是每二千六百七十尺用银四万四千二百有一圆也；三为八十万有一千尺，工银四十五万九千有七十圆，是每二千六百七十尺用银一万五千三百有二圆也；四为三百六十三万一千二百尺，工银五百万圆，是每二千六百七十尺用银三万七千三百一十三圆也；五为百三十六万一千七百尺，工银百三十七万八千四百有五圆，是每二千六百七十尺用银九千八百二十圆；六为百七十三万五千五百尺，工银百八十六万九千有九十一圆，是每二千六百七十尺用银二万八千七百五十五圆；七为六千三百八十一万三千尺，工银六百七十万有八千九百四十四圆，是每二千六百七十尺用银二万八千有七十圆；八为四千九百六十六万二千尺，工银四百九十一万七千二百五十六圆，是每二千六百七十尺用银二万六千四百三十六圆。盖智利所谓一机罗舞度路者，犹言千舞度路也（译言千尺），约中国二千六百七十尺。此光绪十二年（千八百八十六）铁道成数也。以车路言，初分孔道十有六，续之，歧之，凡长四十二万六千二百二十舞度路，即合中国千一百三十八万有七十四尺。其停车场九十有九。其电线长七百一十万有六百七十一舞度路，即合中国千八百九十五万八千七百八十九尺，或司邮报，或属火车，凡分局一百四十有四。

铁路总长八百馀里

邮政

其邮信，光绪十一年（千八百八十五）三千三百万有五千八百六十六，中有保无失信十一万六千三

15,1,18

百二十；明年三千五百三十万八千二百一十，中有保无失信十二万五千九百有二（或公文，或露函，或日报，或寄物，皆在其内）。信局二百一十有二，凡信传国中，重半昂沙——即中国三钱七分半也——需印纸银五仙，厥重有增辄倍，如重一昂沙——即中国七钱五分也——需印纸银一毫五仙，可递推也。信传国外，银倍（信不出本埠，印纸以二仙为率，露信减半）。虑信或失，则有保法，如原费十之一，则增为十之二有五。

露信即明信片

其遣使之国八，遣领事之国二十三。

其兵，陆军五千五百人，水师四千人。其兵舰，铁甲四，木轮一十有八，鱼雷船九（或曰十二，非也）。

其学校，出自公立者，生二千，费一百五十万圆。

游时之见闻如此。云龙曰：智利地广弗逮秘鲁，矿又弗逮远甚，而秘鲁割地如约，未敢自惜。五大洲第一硝穴，秘鲁不克保，而智利踞若固有，岂非地利不如人和欤！于华人，则贱工而重商。论者辄谓有勃然机国无小，于智利亦云。

地利不如人和

十八日　巳正乘车视兵队，又游税关。其关辟石阜麓，造屯物屋五，其山路有火车，有炮有旗，泊舟处可见也。归为中华公司书匾曰“中华会馆”，并作联曰：“六万里日月所昭，会异地弟兄，同乡父老；三百年衣冠初睹，计游洲两美，历岁重周。”（致银四十圆）。夜检行李。

十九日　未初，麦、区、邱、李、黄，五人照料，启行海干，有智利国家轮艇送至英吉利公司轮舰，曰“龙朔拉达达”，造自同治十一年（千八百七十二），长四百一十三尺，宽四十二尺有八寸，吨数四千一十有三，机器视马力六百，日需煤四吨有九分吨之六，每半时速率十三海里有半。有电灯，有唤人电线，盥亦有胰。舱客二十，下舱之客时增时减，它船早餐巳初，中餐未正，大餐酉初，此则大餐酉正，馀同。游历所乘之舟，此为最稳。申正三十六分行，大风送之，狂涛打窗，不下三十尺有奇。

四千吨船不惧狂涛

二十日　浪高八九尺，午正行七百有二里（海里二百十三），南纬三十六度一十五分，西经七十二度五十七分。午正二十五分泊达果洼罗，计行七十八里（海里廿五），距伐耳巴来所七百八十五里（海里二百三十八）。是埠户约数百，人约二千有奇，轮舟三，帆船四，泊之埠侧。酉正二十分行。

二十一日　子初二十分泊猓达，计行一百四十一里（海里四十三），煤檠荧荧，波星一色，埠西灯台出岛木间，定色白，达十数里。晨兴视之，其埠西向，海口南有层峦小港，海水入之。北则云拥千章，时露屋脊，临水铜厂一，烟筒双起，无虑数百尺。摆达以南，青葱之气，丘壑之胜，无如此者。人约五千，炮台一，浮标七，泊帆船六。此舰增载铜质居多。未初行，未正泊柯浓乃裸，计行

先泊猓达（洛塔）复北上柯浓乃裸（科罗内尔）

15,1,22

四十二里（海里十三），在猓达西北，回首犹见熔铜炉烟也。埠户数百，人约四千，铜厂二，高烟筒一，小者四，亦设自英吉利人。方泊时，或言火车平甚，言未毕，一车行岸而覆，一人不起，殆恃平欤？戌正四十分行。

二十二日　午正行五百有八里（海里百五十四），南纬三十八度五十五分，西经七十四度二十六分。南风巨甚，船首尾低昂三四十尺，涛喷如烟如雪，支篷尽去。

二十三日　午正行八百有五里（海里二百四十四），南纬四十二度五十一分，西经七十五度四十五分。转西南风，浪小，可以开窗，船主约坐船头照相。

连日航行未曾泊岸

二十四日　午正行九百三十七里（海里二百八十四），南纬四十七度三十二分，西经七十六度三十三分。西风较大，张二帆受横风力，舟颇不平。交酉风转北，则顺风也。夜雨如注。

二十五日　午正行千有二十九里（海里三百十二），南纬五十二度二十六分，西经七十五度五十分。船主以英吉利新闻纸交翻译，视之云：西正月五号，游英吉利者四而不起一。噫！

二十六日　卯初泊散地奔领，计行七百有九里（海里二百十五），自猓达至此四千有三十二里（海里千二百二十二）。南纬五十二度四十分，西经七十度十分，然申正轮航五十四纬度，乃转而东，航麦哲伦峡。舟中假铅笔述游麦哲伦峡记云：

穿麦哲伦海峡而过

耳食风波恶久矣。据《瀛环志略》云：昔时往智利、秘鲁，由港麦哲伦峡西行，多礁，近率取道铁耳聂离依休勾之南。狂风迅烈，昏雾迷漫，涛泷猛恶，倍于大浪山。舟过，额手喜若更生。《地理全志》亦同。云龙此行为彼夏七月，虽云波恶，自较风雪差胜。东西亘异，而行峡港则一，多礁之说，岂今渐罕欤？然岛屿皆低，又闻轮舟航峡，帆船舣外，而此埠所泊帆船不少，亦行峡间目证也。

智利国新图二十三部，外有麦哲伦一洲，至南纬五十六度而止，与英吉利人所著《五大洲图说》智利讫南纬五十六度五十分适符，而《地理全志》云起二十五，虽与《瀛环志略》合，按之今境则否。峡西一路，如此埠者，仍为智利麦哲伦洲境。

先是寻获此地者名麦哲伦，在明正德十四年(千五百十九)，故以名峡。而散地奔领埠以南则属巴他峨尼，《瀛环志略》云世传长人国即此，野番长如常人一身有半，遍体皆毛，初无衣褐，不冠不履，以猎为生，西人谓为五大洲之最愚者。证之今俗又否，盖西俗略同矣。据西人著书云：智利与拉巴拉他两争之，其势将归智利。散低奔领即巴他峨尼境，林木不高，而色苍老。其户数百，其人千馀，临水结屋，亦工亦商。初登舟温度七十，今减至五十有九，棉衣在箧，着皮半臂，殆补冬欤。发哥兰岛在此东南，铁耳聂离依休勾亦在此南，再南即近南洋水矣(记止此)。

15,1,26

辰初三十分行，未初四十五分泊牒宜嘎达，计行百一十八里（海里三十六），岸侧竖英吉利旗，问知是其属地，非巴他峨尼境也。其屋十数椽，其人百有奇。浮沙一线，埠侧浅甚。未正四十分行而遇浅，退半里许，鼓潮东北而出，寻复东行。戌初三十分将出峡口，其口内东北岸沙平甚，无石无木，无屋无人。红塔一，矗其尖，肖笔，盖指路塔也，陆路西行殆始此欤？复航六十六里（海里二十）出峡。溯自二十五日申正入峡。历时十三有半。应为二十三有半 凡行峡间八百七十四里（海里二百六十五），此麦哲伦峡路大略也（由牒宜嘎达出峡断归巴西）。

游历巴西图经馀纪

花翎二品衔、直隶即补道、总办北洋机器局、前游历使臣傅云龙述：

前卷《游历秘鲁图经馀纪》以麦哲伦峡为断，然泊牒宜嘎达在光绪十五年正月二十六日未初，移时而行，越日午正，尚有峡道三十海里在内。不断而断，此承接例也。天时之春秋异，地舆之背面亦异，游最后又最遐，早且最虐，而生还犹幸。纪游起正月二十七日，讫三月十八日。述《游历巴西图经馀纪》。

过海峡已入大西洋

正月二十七日　午正行八百九十四里（海里二百七十一），自牒宜嘎达至此，计行峡程九十九里（海里三十）。其馀七百九十五里（海里二百四十一）皆在峡外，南纬四十九度三十分，西经六十九度五十二分。日落，涌霞五色。

二十八日　午正行九百三十三里（海里二百八十

15,1,29

三），南纬四十五度二十二分，西经六十二度三十三分。

二十九日　午正行九百六十三里（海里二百九十二），南纬四十三度九分，西经五十九度十二分。

三十日　午正行九百六十三里（海里二百九十二），南纬三十六度五十二分，西经五十六度十八分。午阴，寻晴，单衣亦汗，昨日温度七十二，今增至七十八矣。

二月一日　丑正至蒙德维里罗，即乌拉圭国都也。停轮湾外，卯初进口而泊，计行五百八十里（海里百七十六），南纬三十四度五十三分，西经五十六度五分，自牒宜嘎达至此四千三百三十六里（海里千三十四）。国居南阿美利加洲东南，其纬线起赤道南三十度十五分，讫三十五度十五分，其经线起中国北京偏西百六十九度十五分，讫百七十四度十五分，长广皆三千六百三十里，是为海里千一百。其通国人三十万，此地十一万有奇，徙自外国，以义大利人为多，无一华人，而日本人仅有其一，为美利加兵船学生，非侨居也。先是拉巴拉他所辖，而巴西夺之，未克，遂自立为国。语言文字同日斯巴尼亚，鲜农而竞游牧。水以乌拉圭河为大。是埠北有圆岗，高约百尺，如馒首然，无峰无壑。东北平沙，结居东密，市面胜伐耳巴来所多多矣。所泊帆樯林立，火轮有九，小轮艇竭来如梭。有虬髯叟，双耳贯环，较之华人稚子单环，亦相反一端也。卓午骤晴，夜云如墨，海汐连天，电时一见，船篷荧光灼灼，疑海萍化生，否则艘距岸且数百丈，安所止耶？坐观移时，入舱考舟行经纬。

乌拉圭当时无华人

二日 丑初雷雨醒梦，侵晓止，巳正复雨，而微热少减，午后溽暑如昨。申正行，酉初三十分经一小岛，曰“诗罗低”，缆高才数十尺。灯台色白，立其南，台北屋数椽，修洁无尘俗气。沙低一线，北浮一千数百尺，复少起构居，更无它屿。南北阿美利加洲岛大抵苍茫有馀，平淡莫此若也。

三日 午正行八百有八里（海里二百四十五），南纬三十三度五十分，西经五十二度十分。温度七十一。餐房添张机扇，以白布为之，直一尺，横五尺，两席一贯，席两面各二，机连汽罐，可动可止。下舱机轮作冰，历二日而成。

四日 温度较昨日增十有二。午正行九百四十里（海里二百八十五），南纬二十九度一十五分，西经四十八度五十六分。属《图经馀纪》草。午餐蟹肉，盛以其甲，围一尺有六寸，而肉粗甚；龙虾近尺则嫩，其色鲜如朝霞。

五日 午正行九百三十三里（海里二百八十三），南纬二十五度四十七分，西经四十六度三十一分。

六日 辰正至巴西国都海湾，计行七百五十五里
抵巴西 （海里二百二十九），自蒙德维里罗至此三千四百九十二里（海里一千四十二），自智利伐耳巴来所至此凡一万四千一百十里（海里四千二百七十九）。其都滨海，曰里约热内路，部名埠名并同。入湾相去四海里许停轮，关船来验，巳初进十三里（海里二）下锚，距岸尚里馀也。以

15,2,6

其国驻秘鲁代办使一信同行李交海关吏，而华人无一至者，几几束手。蝶钗羽花，时来泥售，可憎也已。船主之公司小轮至，乃藉以登。时巴西黄疫起，舟中人取道于此皆弗登岸，同餐西人脱帽摇巾以送，亦无理中别致也。 巴西黄疫冒险登岸

先是驻秘鲁之巴西代办使言，由小艇而马车，至嘉德街之嘉孙客寓。携匙至关，听验客装，即当移至伯托波利司城，投呵利安客寓，可以避暑，王及官绅在此。至是据公司主人云，外部长在都，王亦于休息第六日至都，盍亦往都。云龙曰：此来非避暑也。路阿低马耳柯街距海关近，距王宫亦近，遂至其街，客寓曰“阿低耳地法郎西”。店主耳多鲁补石波泊列符，法郎西人，妇为瑞士国人，兼解英吉利语，长子为医学校师，次子茶波多补石波泊列符，牙医也，小刃刮垢，振振有声，敷药去疾，银六圆为率，其技世传。乃知外国齿白，半由医致，年逾五十，则非所宜。三四二子它出，第五子助理店事，稚女阿低宜善绘。 洋人齿白半因牙医

房值与餐以米里计，或六或八或十。云龙已居其次，或言此国官绅至，不宜见卧榻，非内房外厅不可，亦国体一端也。遂徙厥最。移时，翻译携仆至海关，而箱免开验，然取携难。按至于斯者，华工为先，商次之；以官往，自唐景星始；以京职应游历试遵朝谕而至，则自云龙始。巴西用葡萄牙语言文字，既非游自澳门，则翻译不过兼习与转通（先译英文而转）而已。照料无官，且无商，遂自致信外部，述游历大旨，约相见期，回书期以翌午。 无官照料自报家门

西人浴槽方而长，此地用马口铁盘，形既似中华木盆，语浴曰“麻浴”，岂亦沐浴音转欤？夜蚊，无帐。

七日　卯初起。访巴西国图，索银四圆。午初乘马车访外部长，语多不解，坐有鹤发吏解英语，据云翌午宜见国王。王避暑于伯托波利司，相去四十英里，合华里百二十，舟车参半，每日轮舟辰初往，申正还，登岸有火车道，而其王七日一回，为休息前一日。给一归路海关信，曰持此可无阻也。

佩德罗二世

八日　卯初起，考巴西经纬及较时里差。午正如约至“巴拉西约”，译言王宫也，在伯德禄第二园之旁。其垣白，宫门四辟，未见外部长。一黑兵握出鞘刀立门，指所由入，不数武登楼，数巡捕候门，少立即入。王起迓，立谈大旨，以远来得见为愿，舌人学操土语，王曰，吾通英语也。问来去路，并及矿工。将出，王握手言再见，曰“古拜”。王鹤发童颜，佩宝星，年六十有四，在位五十载，与民主异。宫距寓甚近，马车已须十八米里，街车则廉。

巴西国王通英语

日夕，店主导游“甘苦三打纳”，译言大园也。先是引水取道成渠，浣衣者往焉，光绪六年（千八百八十一）王家改园，历年九。树多二十尺，盖地热则易长也，煤气灯时露，修篁低柳，间与池月相掩映。彼人呼月曰“鲁池”，如环如带，桥栏辄肖卧木，皮色馀霜。饮水一筒，作断木根形。一洞若天然石成，高长并一百数十尺，中宽六七十尺，洞穴石乳下垂，或二三尺，或四五尺，地石上

15,2,9

生，如笋如骨。穴道互贯，如蚁穿珠。彼人呼瀑布曰“该斯格列”，天久不雨，不绝如线。二巡捕居洞，禁夜游也，然闻游自中国，燃灯引视。洞外小池，金鱼可数，草茵夹径，石磴一狮踞石，人身，而人将斧狮胸，彼人呼狮曰体格勒狮。若断橛，若桥栏，若水筒，皆非木也，以英吉利泥为之；若瀑洞，若池隅，若人与狮，皆非石也，亦以泥和碎石成之，惜假木状鲜心裁，假石模棱无骨格。既出，见夜市，一如智利。

优待中国远客夜游

假山木石水泥制作

与园相对为救火车房，电钟一鸣，车马自辔，一如美利加，门侧白衣而金线冠者坐卧二十有奇，则救火兵也，中有华人而不解华语。道经方园，有竹有卉有池，有煤气灯，有木石磴。店前小园视等桧下矣，然圆池微波，适对于所寓三层楼之南窗，皂荚花红角二尺许，窗西有山，曰“新奇”，东瞰海湾，湾岛环生，两行灯火，与朝星一色。夜避雷蚊，榻几时易。

华人救火队员

九日　访巴西沿革，与夫部落、形势、四至八到。向晚，房主导游加米纳阿家，观跳单神，复至沽良家观中国磁器古玩，其实皆日本物也。归路过图书馆，又过王家医院，屋数十椽，容三千馀人，试验药料院与之毗连。时疫流行，逾二时即多不救，其国都死者日二百有奇，而就医卜昼不卜夜。问症状则湿热也，亦吐亦泻，则霍乱也、痧也，医未得法。

霍乱流行日死二百

十日　访山水、矿泉、国系、风俗。先是巴西第二王子兵船泊伐耳巴来所，其船有华人麦汝森，问知巴西有黄义者，置酒店，可资照料，访之未见。见一渔者陈前，住新奇山，不识中外一字，代访，而黄于日午至，言其店在洛三摆六街五十八号。同来人三，一廖耀，初商，今无业；一张伴，工也；一即陈前，然识汉字张一而已。华人始千有奇，今馀二百。中华馆三，一曰广府公司，在火车头第二街，一客家公司，一海南公司，皆在那高赉街。有姓李氏者，为杂物贾，少胜，然在恩得里约埠，距都五十英里，即合华里百五十，有火车道。卯初行，巳正乃至，申初旋，戌正乃至。先后续见者二，一李泥棠，江苏人，祖若父皆仕贵州，厥兄犹在广东也，幼至三法兰昔斯哥，而古巴，而巴西，今为庖人，劝之归，漫应而去；一郑东秀，曾于前出使美日秘大臣陈（兰彬）时从公纽约，为此地华人翘楚，而中外字均未之识，所设饭馆在巴拉司甘马耸街第三号，与干布三打纳园垣栅相望。复访黄店识之，往还取道园中。黄约一餐，力却之，得一人照料启行足矣，乡情逊陈、麦远甚。然早见之亦胜一筹，不欲后来者之受挟持也。变例，拉杂纪之。

巴西华人多不识汉字

十一日　访民数、物产、矿产、农务、商略。午后来巴西人四，一曰爱度撮度喀各，即前往中华立约通商者也，至京者再，住华二载馀（寓赫德处居多）。一曰彭德思，曾为上海副领事，于光绪十三年回国（千八百八十七）。一曰马罗排得骨罗排来司，自言巴西国用倚其力，居三之一，新迁华族街，车公司、动物园，皆经理之。即约一游其园，顺道视印刷局，总管曰布里脱，开局甫四月

15,2,11

馀，机器购自英法。登车，车几以藤为之，导游者，一马罗排得骨罗排来司，一彭得思，一昔博林（此为赫德助新闻者）。行十五里（五英里）而至，地名“密纳伊奢瓢”，有餐房，踞园之高处，少憩。四围皆山，形如鸟爪，土人遂呼厥山曰“八八改”，译言鸟爪也。园开二年，工犹未蒇，地值银千六百万圆。 里约新建动物园

一人骑象至，象翘一足，人梯之下，象乃卧而跽而膝，以鼻弄琴，以足鸣鼓，皆如指，饷之面包蕉实，鼻卷入口，牙尖着二铜珠，然视我京所豢，则小五之二。步园，无巨木，无奇卉，有水有桥，桥栏肖树，亦英吉利泥为之，草亭板屋，无雕凿工，与美利加园异。其兽，虎、豹、狮、熊、橐驼、狼、狈、狐狸，而猿类尤多，或白或黄，或面扁而黑，或面长而身之上半毛散如衣马褂，或首小身细尾长，或首圆尾短，或庞然三尺，或微才数寸。又有兽曰安多蚁答，则食蚁者也，类皆槛各一格。若羊若牛，形无大异，若养马似羊在林。若野豕一栅百数，曰“各基”，小野豕也，尺许，数不盈百。 食蚁兽

鼠之属，银鼠松鼠而外，曰“倚拉勒”，尖喙长尾细身，约二尺有奇；曰“八力波果”，鼠形，长二尺许，彼人食之味美；曰“惹布基”，亦鼠形，尾尺。

其禽，雕、鸮、鹅、鹳、鹰隼、孔雀之类居多。曰“昔沽”音，类鹤而小，见其二，并灰色。曰“倭士得猓司”，鹤足龟背而肥，色灰，水侧有五，厥行速甚。曰“乌黎果那”，头一白毛，弯出如钗，身黑，高二尺馀，

鸣近犬吠。曰“希鲁牙列”，顶毛一团约寸馀，如松钗，如华京绒球而色淡黄，眼侧毛白红各半，如燕支，如光绫，约三寸许，身黑，其尾黄紫，相连不相杂也，色并淡，形近鹭，高二尺许。曰“希立鸭马”，亦鹭形，而首有冠，身六寸许，色杂黑白，栖铁丝屋。曰“拉拉”，亦鹭形，身朱红而淡，无杂羽，高五寸，立池，睇客而飞。曰“固拉低”，类鹭而大。曰“格格渚”，小于鸽十之五，首冠如，啄木，能飞。曰“拉比力士”，鹰喙鸡身。曰“热沽项格”，口蓝顶白，项红身黑，足紫，高尺许，殆雉别种欤？类此少异者夥甚。曰“叶里立”，身黑，居鸭之半，立浅水，能飞，不远，鸣如其名。曰“昔思北列多”，口红身黑，曰“昔思北朗沽”，口黄身白，二者鹅类，而大且倍，浮池各二。其鹦鹉种难更仆数，此园未见小者，所见曰“乌鲁八哥”，首黄喙赤身黑，高一尺七八寸。曰“阿拉拉司”，或半红绿，或杂红黄，或身蓝目赤足黑，栖地，狎人不去，栖枝亦近猕猴，了无怖色，皆大于寻常鹦鹉三之一。所在皆是家禽视之矣。

鹦鹉种类最多

其鳞介，二尺许龟以百数，蟹蛤充斥。蛇曰“嘎司嘎肴”，带双铃，触之辄鸣如蝉，一柜，铁丝为门居之，长数十尺，黑黄斑而形方。据导游者言，怒极则口张，蟾蜍遇之始避继止，终且自趋入口，此化学理也。云龙则谓此亦中华生克理，动物似此不一而足。其它形类互异，圆者为毒最。曰“热格列”，一小一大，大者居塘，以竿触之则出，蛇首四足，尾倍于身，作三棱，一棱向上，远望

响尾蛇

15,2,12

之如壁虎，而长四尺，腹宽八寸，色惨绿杂黑。小者尺馀。宅柜览未毕，日已衔山，餐于店，乘车而旋。往还华里三十有八（英里十三）。 绿鬣蜥

十二日　考关税、钱法、岁计、国债。晡，滋溽，戌初大风，惊砂坐飞，餐房百叶帘卷，窗幔四遮，寻电，戌正电雨，亥初雨止。巴西无大雨已六阅月，无小雨亦再阅月，地热，天炎，黄疫职此。饮泉欲断，赖一英人引以济之，虽雨半时，犹之未雨也。

十三日　考巴西兵器工、铁道工。辰正，植物园长突鲁猛笛约视植物，乘新车，四轮鸣不止，易车行。导游者，一为爱度揠度喀各，一为彭德思，一为突鲁猛笛，附游者八，与翻译凡一十有三。相去三十里（英里十），行二十分时辄一停易骡，三停而至，凡半时有二十分。先是西北行，经一海湾，曰“波得福果”，其三停处曰“体格勒时”，译言狮村也，村旧有狮，故名。村之东北山曰“各各巴各”，苍翠起伏，突峙石骨数百尺，无土，如削如磨。村之西北海湾曰“罗低立戈提福理得士”，有武备院，有盲哑学校。海湾左右，土冈时露石棱。 里约植物园

入植物园，门内棕榈两行七十馀株，皆逾百尺。有木坚如铁，叶近槐木，可舟可车。有果木曰“葛葛瓦”，叶似枇杷，无毛而大倍之，花小，其瓣四，略如桂而白，其蕊黄，其本二十尺许，枝干随处着花结果，其果青如甜瓜，熟而黄，则类瓜蒌，剖之其子累累，去白皮，其仁紫，食之亦近瓜蒌仁，此奇果也。曰“忙葛”，即中丝有 帝王椰铁树

核者也。曰“热司”，如黄橘略小，四格而瓣各一，糖浸食之。又有木本竹叶，其叶长八九寸，中青边红，其长速。又有风兰，悬之自生。又曰“石里纳阿低鲁长低嘎”，沿壁而生，其叶似竹而肥，其节似白草根而大，色绿，可食。竹种有三，一斑竹节短而巨，一京竹节匀而细，一实心竹节二尺许，视如慈竹而大者心略空，小者不空也，并高七八丈，丛生密且多。园长开榼出肴，餐于竹下。一肴似福建肉松而色白，是树根也，果类橘，厥根国人名曰“低夫约阿拉布列西利美”。今之所食是“合富里我士低鹅茂司”而成，译即“巴西面包”义，此树园中亦有之。

木薯根

初植茶，华工二十馀司之，今工无华，而茶遂荒。通国所产，制之者华人八耳。农田矿穴，未辟无算，匪独园林已也。谈及招工，云龙言：游历与招工无涉。彼人则谓，无可否责，亦无见闻责耶？翻译曰：见闻固游历分内事。彼人复言：国党二，一逐流党，欲招西工；一自由党，折之以理，意谓西工不如华工者三：费多一也，勤少二也，终且龙断三也。二党官与商民罔弗有之，至待华工之苛否，侨居华人当自言之，愿归时直言无隐。据此对镜而知，中华修道开矿之工值廉可用也。

巴西欲招华工

是日为其王生日，归路于车场见一街车，黄油绘金其顶，有宝盖，其中正几六，旁几二。据云费银五千圆，犹未毕工，将以贡王。是日往还约三十六里（英里十二），暑且溽。导游者同车而旋，以香饼酒（饼值六金）和冰

15,2,14

饷之而去。

十四日　访政制、刑略，与夫电线、邮舍。

十五日　访海陆兵制、兵学，与夫兵舰之铁木。是夜郑东秀偕游一园，曰“鲁野拔奢”。有池有桥，有三棱塔二，对立如矛，高三十尺。有台可以观海湾。对岸即所谓“三得六民”坞者，灯火荧荧在目。又游一园曰“拉里格路司”，有前王铜象，勒怒马立铜台上。园门四，以铁为栅。

十六日　访巴西学校。午正廖耀偕游“模薮”，译言博物院（或译八宝庭）。入门，一星石高三尺，长倍，凹凸如山如壑，色黑而暗，上磨尺许，有光熊熊，据言一年前自天陨于巴西亚之山间，历程四日徙之于此。一室列矿质，一室列断碣残柱，或镂人文，或镌动植，朴拙可珍，未遑一考，可惜也已。一室杂列不一物，中有牙镂中华船一，长二尺许。又有矢刀，亦华制也。一室列土人物，其人羽冠羽裳，下唇或长二寸。其器如瓮而孔如盆而合，大几四尺，小亦得半，悉土为之，问皆旧时熔矿之炉。它物充斥。一室列农圃物：皂角长或三尺，松塔高六寸许，果𤓰称此。一室列头颅百，枯骸二，多数百年物。一室列兽：海象十尺有奇，猕猴四寸。一室列禽鹦鹉之属，巨细若雀若鹊若鹰，五色罔弗具。其它或喙长倍身，或头冠如张，折箑连嘴。一室列虫与鳞介。其蝶或采或紫，或黄或白，鲜艳如生。蝙蝠翼长二尺许。蛇类尤多，或朱丝缠身，或雪珠点尾。蟹仅尺馀，龙虾亦尺馀，其爪左右各

博物馆

印第安人

动植标本

五，长须二，并二尺许，口侧二须仅尺，其尖双，口下短爪二。鱼形或肖蝌蚪，长一尺许，或身圆而长，或下翅起项至尾。一鲸骨长百尺有奇，置庭。对门即“干布打纳”园，三至皆夜，卉木未辨也，复往一视。有木曰“班博”，曳叶似桑柘，花肖秋葵，大瓣色黄，中心一茎蕊红，风来落池；花亦有红者，名同，植物园曾一见之而未问名。木多花少，难尽诹咨，热甚而归。明日行。

十七日　巳初上轮舰。先是发智利时，舟主言归路以繇英伦敦为胜：巴西十七日可至伦敦，船日日开，易舟六日至纽约。如由巴西北行径至纽约，虽云日程二十有三，恐迟恒逾月也，既补西游，又罔多费。计亦良得，而未果。按，巴西之往纽约轮舟六耳，英吉利、美利加两公司各三，每二十一日一航（言三休息），期在月望，过此不行，微独炎疫逼人，费且靡，继而船期忽改缓二日，今日未必展轮。而无改期说，不得不觅小火轮舟。行十五里（海里五），过蛇岛，登美利加公司轮船，名“阿度旺司”，造自美利加，在光绪九年（千八百八十三）。长三百尺，宽三十尺，深四十五尺，吃水十五尺，视马力一千五百，速率半时（一点钟）十一海里，吨数二千。有唤人电线，而无电灯（房小煤油灯一），有盥面胰，有锁匙（巴拉马、秘鲁、智利，皆以银二圆易匙，此否），不及“龙朝拉达达”远甚。其舱位分上层中层下层，亦与太平洋舟异。云龙坐中层而号数第一。申后，雨如注，舟子漫言明日巳正行。

15,2,18

十八日　雨不止，其舟增载亦不止。下舱增日本人四，言三夫妇同侨巴西，两日间以疫寡二，惧而行。是夜，一西人子疫毙，葬之鱼腹，熏磺久之。云龙发箧纂《古巴图经》。先是晕浪而卧，久之起而食而行，而耐风浪，而观图册，而补纪事诗；当智利南航时，又苦峡浪，仅仅属《馀纪》草；出麦哲仑峡后乃克以乘舟之铅椠补闭户之岁月；然浪高数十尺，辄辍，否则虽酷暑笔不一停也，况舟未行耶！

同船乘客疫毙三人

旅途酷暑坚持写作

十九日　卯初三十分舟始行，凡要津之舟，通衢之车，限时爽亦无几，何到此艰难处，遂易期三四，所未解也！舰小，无风而摇，虽西人耐浪，而与餐者半耳，稍减《图经》功。午正行二百四十四里（海里七十三），南纬二十三度五分，西经四十一度五十分。是日温度八十一，盖雨而减也。

二十日　午正行八百一十一里（海里二百四十六），南纬一十九度二十九分，西经三十七度二十一分。乍雨乍晴，舱轩开合靡定。美利加人谓合曰“下（上声）帖”，谓开曰“倭本”。

昨食西瓜，长二尺有奇，皮青子黑，瓤红不沙；今食甜瓜，大如西瓜之半，加盐味美。美利加人呼甜瓜曰“麦陇”，译言瓜也，无甜字义，呼西瓜曰“握仑麦陇”，译言水瓜也。是日纂如昨。

二十一日　午正行八百三十一里（海里二百五十二），南纬一十六度三分，西经三十八度八分。《古巴图

稿不脱不寝

经》毕。是日起卯初，讫亥正，稿不脱不寝也，图稿更易者再。

二十二日　卯初四十五分观日出，云翳未净，四围缘金，出罅丸日，如龙衔珠，而红霞争透万丈光也，约五分时出海面矣。卯正泊巴希亚，计行七百九十八里（海里二百四十二），南纬十三度，西经三十八度三十一分，自里约热内路至此二千六百八十二里（海里八百一十三）。巴西水埠此居第二，即巴希亚部治也。乾隆二十八年（千七百六十三），法郎西争矿而兵不胜，复攻之，入里约热内路都，巴西徙都于此；寻复都里约热内路，然则此亦一旧都。其海湾在南，其湾口在北，其埠则在东，浮沙一道，台阁露棕榈间，结居阜面居多，西南渐低，人家寥寥。泊轮舟三，帆船数十。乍晴乍雨，湿云压潮。申正行，移时犹见西岸层峦低甚，苍翠贴地，而杂白如雪如练。问之美利加人，曰"散"，译言沙也。云龙于餐案纂《古巴图经馀纪》，始此晨夕。

巴西旧都今称萨尔瓦多

二十三日　西北风起，午正行八百二十五里（海里二百五十），南纬十度五十分，西经三十二度三十分。当上灯初，月未出海，而东有星一，逾常十倍，有芒，其光射汐，南北才数尺许，东西一道，无虑万千尺。一灯东闪，相去不知几百里，疑帆船也。日间纂《古巴图经馀纪》，疲甚，独坐舟首，心目边际皆空。易时复纂。

二十四日　卯初四十五分观日，见半，云亦未净也。辰初四十分泊伯能不各。行三百七十六里（海里一百十

15,2,25

四)，自巴西亚至此一千二百有一里（海里三百六十四），南纬八度有三分，西经三十四度五十一分，亦巴西一部也。治埠长约三十馀里（英里十馀），街市面东，居三之一。其南九里（英里二），浮沙低绿，渐与水平，其北十里（英三里馀），林地也。又北二里许，高于南四倍，比屋断续。盖一小埠云。轮舟帆樯辄泊部治之南，埠前有越堤，无虑数万尺，宽五六尺，潮至越之，如闸口，如瀑布。距六七十尺辄竖铁柱，高四尺馀，围二尺许，亦固堤，亦便缆也。两头有口，船将泊时，北行转入西湾口小停，进于埠东下锚。申正移船十九里（海里六）入越堤内，泊教堂前。埠市绿木惟此二十馀株，外此零星而已。越堤北端有白灯塔一，高于海面一百尺有奇，下半石台，其大倍之。南数十尺有八角台，围约百尺，其中为室，其上半楼半台，璃窗八达，台半支廊。台足系艇，台顶竖旗，殆司堤者居之欤？或曰堤根皆水虫结房，铢积寸累而成，埠又因之作堤，亦一奇也，然以珊瑚虫证之，其信然欤？埠屋临潮，墙白瓦赭，谯楼峙其中，铁栏高甚。令翻译登岸，观习骑场。纂《古巴图经馀纪》。

泊南布哥州首府累西腓

小港风情

二十五日　观日如昨，雨云寻起。《古巴图经馀纪》毕，起卯讫亥，三餐而外无一刻息也。

二十六日　纂《游古巴诗董》始此。舟客增新，舟载亦减旧也，午初三十分行。

二十七日　午正行八百五十八里（海里二百六十），南纬四度二十三分，西经三十度十分。以诗记事又如昨。

二十八日　午正行八百二十一里（海里二百四十九），南纬三度三分，西经三十九度五十五分。以诗记事又如昨。

二十九日　午正行六百九十三里（海里二百一十），南纬二度五十五分，西经四十二度。未初十分轮声顿寂。问知海浅多石，宜缓缓行。是夕《古巴诗董》属草毕。

三月一日　纂《游巴西诗志》。未初轮行有声，潮线非浅矣。午后雨歇微晴，酉初四十分北行转南，进湾而水黄，有泥则黄，黄即浅也。夜难可进，遂泊灯台东十三里许（海里四），计行二百五十四里（海里七十七），南纬二度二十八分，西经四十四度十六分。其灯台高于海面一百数十尺，其色白，其定光亦白，远达四十里（海里一十二）。台北灯火若见若隐，即埠也，船首放冲天爆竹一（俗呼升高，疑即华制）、烟火一（手执放之，白而红而绿良久），使埠先知船至（是其公司暗号），欲其客货速集也。

其地应为圣马科斯湾圣路易斯古城

二日　卯正行，泊亚马孙，计行湾内三十三里（海里十），自伯能不各至此二千六百七十三里（海里八百十），南纬二度二十九分，西经四十四度十七分。此亦巴西一部也，治水埠，居中方屋双翘，引水屋也。其埠面西，其东北房密而整，其东南浮沙支出海中。结屋数椽，湾岸地旷。浚沙船二，其一时方浚沙，别艇受之。酉初，亚马孙疆吏苛司达组业士偕海关长密朗达至舟问讯，欲导游工厂，而展轮在即，不果，深情款款，饷之以酒，握手

州长登舟慰问

15,3,3

交臂而别。据云此埠人二万五千，中有华人六，其兵一千。埠之东北隔港而结岩室者，花园也。西正行，仍经灯台东。湿云四起，移时犹见台灯。纂如昨。

三日 纂又如昨。午正西北行五百九十四里（海里一百八十），南纬一度五十分，西经四十六度二十分。是日温度八十七，南风激浪，高六尺许，日轮入海，白雨一阵，寻止。戌正，舟之司会计者疫逝，轮停四时，饱鱼腹。

四日 纂又如昨。寅初西北行，入亚马孙河，其水黄。巳初经一小岛曰簸石，浮沙木远，低绿如荠，未见人居，而朅来小艇斜帆四五，蜻蜓无算，尾舟款款，移时弗离，以此知其飞不让轮速也。午后过轮舟三，未初入湾，两岸青葱，与瓦亚基之北相仿佛。

实为马拉若湾

未初三十分泊巴亚拉，计行六百八十三里（海里二百七），其中有三百三十里（海里八）为亚马孙河，自亚马孙至此一千二百五十四里（海里三百八十七），南纬一度二十二分，西经四十八度二十九分。此亦巴西一部也，治水埠，面东北隅，湾口在南，台阁密结西南，而东北树环如垣如堤。酉初雨不止，移时，见烟雨中灯明无算，与舟灯相映带。

书中称亚马孙河，实为亚马孙河三角洲

五日 乍雨乍晴，纂倍于昨。是夜乌拉圭驻此领事法兰昔司哥（其名）所萨（其姓氏）来舟，见云龙笔不一停，索书，曰将以存博物院也，随书华笺予之。

乌拉圭领事求字留念

六日 纂又如昨。丑初西北行约三百三十里（海里百）始出亚马孙河，航海北行，辰初行由东南转而东北。午正行三百五十六里（海里一百有八），南纬五分，西经四十七度四十八分。凡度起赤道南六十分曰一度，北亦如之，非一度而南北共为始也，惟逆数易滋轇轕。此舟北航，则赤道以南为逆数。初四日南纬一度二十二分，是再行二十二分乃至一度也。一度以北赤道以南皆为奇数，如是日南纬五分，过此五分即赤道矣，赤道之北即为顺数。南北有定，舟行则无定，今以速率计之，则经赤道在午正二十六分。未初西北行，未正大雨，来自东北，寻晴，由是风浪巨甚，所纂暂辍。

过赤道

七日　午正西北行八百六十七里（海里二百六十三），北纬三度四十九分，西经四十九度三十一分。风浪如昨，然习惯，仍可伏案。

八日　午正西北行九百一十四里（海里二百七十七），北纬五度六分，西经五十二度四十六分。见壁间小蟢子，一如中国。伏案纂如昨。

九日　午正西北行八百九十一里（海里二百七十），北纬九度五分，西经五十九度九分，按中阿美利加起纬北七度，时已经其地二度五分矣。纂《游巴西诗志》，毕时已亥正。

十日　未初五分泊巴别突司岛，计西北行九百八十里（海里二百九十七），北纬十三度五十八分，西经五十九度三十六分。岛为英属地，按西印度群岛大较分四：一曰大安低列，二曰小安低列，三曰巴哈麻，四曰百慕大，皆

15,3,11

有英吉利属地，而小安低列属者二十二岛，此其一也，《瀛环志略》所谓“巴巴关”即此。其地五百五十方英里，合华方里一千五百五十，其人十五万九千，置疆吏，治比日登。有副。兼治岛五：曰散吉（地方二百馀英里），曰多米宜格（地方九百馀英里），曰安地卦（地方三百五十英里），曰蒙撒拉，曰宜惟（二岛尤小）。是岛无高峰而有起伏，埠居岛麓，面西，结构丛木间，引水风轮甚巨，有机器烟筒。埠背层冈青葱一色，《瀛环志略》谓土硗瘠，未尽然也。舣艇黑人赤身居多。埠南白灯台高一百尺有奇，玻璃红色。其北浮标二。酉初三刻十分舟行两标间，出湾西北行。《巴西诗志》脱稿，后此数首随时续作。未至此岛以前，风浪掀舟十数尺许，餐者寥寥。

十一日　午正西北行七百四十五里（海里二百二十六），北纬十五度二十五分，西经六十一度五十六分。是日温度八十六，而舰轩铜边着手如炙。西北风起。

十二日　午初泊先塔卢斯，计西北行七百二十六里（海里二百二十），自巴别突司至此一千四百五十二里（海里四百四十六），北纬十八度十九分，西经六十四度五十五分。此丹属地也。初隶和兰，寻归英吉利，后乃属丹，亦九百馀年矣。西印度群岛小安低列之属丹者岛凡三，其英方里六百七十，合华方里二千有一十，若星若棋，若联若断。其人凡五万有奇，此为三岛之最，人约二万。《瀛环志略》未详厥名，而《地理全志》谓之“三古卢斯”，与闻亦不尽符。丹国近亦释放黑奴，弭敛怨媒，

解放黑奴以便拓荒

以搜拓辟荒为务。

此埠居层屿间，倚岛麓，面北而临水。结屋千馀，其脊或人字，或四檐，以铁为瓦，有白有黑有黄，而红居多，其壁青黄蓝紫罔弗备，半崖数椽，据舟人云，百年以外屋也。其东北（埠左）一屿与它屿离，高三百馀尺，麓与顶并置炮台，是为舟进要隘。其西北（埠右）灯台之色白，而玻璃则红，台之南有数百尺白石二段，出潮面数尺，如雪。有立标一，锥形八角，色亦白也，浮标十馀并红，惟东一标，红上增黑锥一。埠前铁栈横列水中四百尺有奇，有起货机器。

东南湾角分列煤栈五，皆木为之，煤积如山，是舰移泊其栈之最长者。初阒无人，既而艇载黑人二百许，女多于男，头巾，腰裙，赤足行雨中，以筐盛煤（与中国煤筐同），戴之首，趫来若飞，栈间支筹，须臾而毕。

黑人女工顶筐运煤

艇如梭织，售仙人掌实，椭圆，四五寸，刺青蒂红，有水可饮也。螺蚌红黄，鲜艳罕匹，大者如塔如盘。一种水虫，结撰如菌如芝如盂，如羊肚，如鹿角，如珊瑚枝，而皆白如雪。有蜂巢无算，长者辄五六尺，惟易碎耳。据识者言，巴拉巴沽堤根亦此种水虫结成，海中小岛往往出此。

厥产煤外，以白糖、葡萄酒、牛皮、鹦鹉、鳞介为多。岛屿有起伏，然形辄圆，鲜逋峭。蕉木丛生，而无巨木。岛之东北数十里，一岛孤立海面，望之若帆，土人即以形名之。酉初三刻十分舟东北行，出湾小屿无算，雨微

15,3,13

而风起。

十三日　午正西北行六百里（海里一百八十二），北纬二十度五十九分，西经六十六度二分。浪高十一尺，东北风紧，纸笔皆飞，不克伏案如平昔，然握册持铅无碍也。过北纬二十二度又为北阿美利加洲境矣。

十四日　午正西北行八百八十七里（海里二百六十九），北纬二十六度有九分，西经六十七度四十分。潮风渐微，发箧可补《馀纪》也。

十五日　午正西北行八百九十一里（海里二百七十），北纬二十九度二十六分，西经六十九度二十八分。纂如昨。

十六日　午正西北行八百七十七里（海里二百六十六），北纬三十三度三十六分，西经七十一度十四分。阴雨，东北风渐大，浪高数尺，然伏案尚觉可支。晚餐入坐簸甚，未克饱食，入夜浪高十三尺。凡西人算浪法，言有昂即有低，低昂十尺作为五尺。此地墨西哥湾热潮与大西洋冷潮迸而斗，极高约二十四尺，然无风辄起十尺有奇，况风巨耶！是日高十三尺，实二十六尺也，非夏湾纳浪花可同日语。骤雨倾盆，溜筒涨溢，舱榻水流如泉，置物皆自移西，舰顶布棚尽彻。 寒暖洋流激成巨浪

十七日　午正西北行六百九十三里（海里二百十），北纬三十六度五十七分，西经七十二度二十九分。风浪高且逾昨，晚餐入坐寥寥，侍者传汤以手擎之，盖着案即抛也，食几钉于舱面，且有倾倒者，然云龙尚能强食。 食具着案即抛

十八日　时雨时止，雾起，风浪如昨。午正约西北行六百九十三里（海里二百十），而经纬度则西人亦无从测计也。是夜时停舰轮，以雾大故，而风浪略小。

远洋航船直达纽约

十九日　雾中行，偶见帆影，舟人额手。申正经三牒夫，即前游纽约时观炮处也。酉初停轮海关前，地名博六古领，医士关吏先后至，舟乃进湾。过炮台，于酉正泊纽约。自前一日午正至此时，约行八百二十五里（海里二百五十），自先塔卢斯至此计华里原止四千七百六十五里（海里一千四百四十四），今因风浪逼舟，斜航多行七百三十五里（海里二百二十三），北纬四十度，西经四十二度。自里约热内路至纽约凡一万七千八百有六里（海里五千三百九十六），今行则为一万八千五百四十二里（海里五千六百十九）方至海关。渔艇如梭，撒网小木为标，白紫异形。渡轮依岸分行，维时雾散漏日矣。乘舟过铁线桥，行十九里（英里六）至寓。见者言癯倍昔。

15,3,20

游历美利加图经馀纪后编（檀香山附纪）

花翎二品衔、直隶即补道、总办北洋机器局、前游历使臣傅云龙述：

云龙三至美利加，惟国都不得不复，而纽约亦其要津也，馀则取径各别。此游为第三次，由其国都西至三法兰昔斯哥，所驰中央铁道稍近于北，与前编自西至东之车行近南，非一途矣。一则秋阳赤野，一则夏雪崎岖，辎经未曾闻见，因之以异，盖不欲陈陈相因，虚劳跋涉也。不第惟是，航太平洋一万五千里有奇，往还程同，而所行潮线微亦有异，就熟既视其人，乘风又会其时，或纡或直，或迟或速，安在其可刻舟求欤。述《游历美利加图经馀纪后编》。　三至美都取径各别

三月二十日　因航海日久，小憩纽约一日，栉沐，检点行装，然视炮工。

二十一日　子初登火车行七百有二里（英里二百三

十四)，卯初二十分至华盛顿。乘马车投阿伦敦店。有二门通街。一曰飞町（街名），犹言十五号也；一曰埃及。凡屋百四十五，楼七层。云龙住第六层，距地百尺有奇，再上一层则非客榻也。纂《游历美利加图经·钢铁比较表》。

二十二日　纂《铁道枕木平均值表》、《铁道枕木历年表》、《铁道舛轨表》、《最巨铁道公司利表》。

二十三日　三赞使导游瞒脱瓦农。辰初乘“哥哥兰”轮舟，溯葡萄墨河五十七里（英里十九），巳正泊岸登视。华盛顿石棺置于室中，盖就厥故居侧营之，初非置此，三迁乃定，在同治二年（千八百六十三）。室以红砖砌成，袤羸于石棺无几。棺为云石，其左一棺，面纹虽减，广狭如之，则其妻也。室前环以铁栅，室外有石幢二，其顶皆锐，左幢为其妻生存时所立，右幢则其侄妇所立也。故居卑且朴，华盛顿儿时斫树斧犹在，而柄朽矣；琴书星罗如初，其妻纺织器亦置如初，妇孺竞谋解橐岁葺之，海外人物能不以华盛顿为第一流哉！是日舟车往还凡百三十八里（英里四十六）。归纂《铁道计入年表》。夜梦初觉，自省年来每到极难处以喷醒自励，每到极险处以忍耐自安，而难不在事，险不在途远也。

游华盛顿故居弗农山庄

二十四日　亟欲前行，而从者疾，不果。纂《铁道利益系地表》、《他国铁道运值比较表》、《火车街车工表》。

二十五日　纂《轮船考工》。游修船工厂。

15,3,26

二十六日 纂《船表》、《轮船系年表》、《轮船分部吨数表》。游轮船公司。

二十七日 纂《工厂水力汽力系地表》、《工厂水汽马力比较表》、《水力汽力系工表》、《农器工力汽力表》、《棉工水力汽力表》、《铜铁工水力汽力表》、《马车运物车工厂水力汽力表》、《纸工水力汽力表》。

二十八日 纂《度量衡工表》、《陆军炮局试验炮铜表》、《铁条工系地表》、《铁线铜线工表》、《锡器铜器及铁板工表》、《银工表》、《印刷工表》、《化学药物工表》、《药工兼化学药料表》。

二十九日 纂《电器工系地表》、《电信电话器工表》、《电气镀金银工表》、《修房铁工表》、《桥工表》。

三十日 纂《棉花工厂机器表》、《棉花工系地表》、《纽约治丝分类表》、《酒工系地表》。

四月初一日 纂《合众国兵制》，夜分未已。

初二日 徐赞使偕乘电力车从纽育埃粉牛（译言第七街口）至埃根登，视磨电房。有生电机器二，一已用，抵马力一百六十；一未用，抵马力一百，日需煤值银五圆耳。其工二，需银八圆，日费不过银一十有二圆。然欲咨厥梗概，非见司事都路低儿不克知也，期以明日。是夜纂《陆军选兵表》、《十三邦陆军表》。 发电机

初三日 纂《陆军官禄表》、《陆军系地表》、《海军官弁表》、《恤战士身家十八局表》。午初携翻译乘马车访都路低儿于叶扶街大西洋馆第二十八号之室。据言，华盛

顿都电力道议修十二里有奇（英四里馀），今成四之三，通国已议道一千二百里有奇（英里四百馀）。公司大小七十有奇，波士登为最，纽约次之，三法兰昔斯哥尚未之有。此地车成一十有四，一等之车值四千圆，其窗二层，下层以铁丝编格，二等之车值银一千二百圆，亦胜于马街车，造自光绪十四年始（千八百八十八）。创之者沙无送也，华盛顿都公司名沙无送哈司达。因求电力之所以然，将补《图经·铁道考工》，而说未尽译（后于日本译之）。

有轨电车公司

初四日　三赞使话别于火车头，巳正三十五分展轮。午初三十五分行百二十有九里（英里四十三）停华盛顿整升。凡车一停，约历时二十六分。又行隧道五百馀尺。先是途多松柏，过此杂卉具腓，或白或红。续穿隧道二百尺。午初五十五分行七十八里（英里廿六，合前六十九），停哈可司良库生，其地无一民房。午正行百四十七里（英里四十九，合前百十八）。停葡萄墨河桥，盖当百二十尺之半也。又过桥，水浅曾不盈尺。不一里，穿隧道五十尺。午正三十分，行七十五里（英里廿五，合前百四十三），停马迭芬，为下车果腹处。未初行七十五里（英里廿五，合前百六十八），停亨特谷。沿葡萄墨河行，其水宽二三十尺。又穿隧道八百尺有奇，时未初四十分也。河流山夹，轨引南岸，曲折西行，水侧卉木杂花，素紫参半。未初五十四分穿隧道百馀尺。未正二十五分计行自亨特谷二百十有三里（英里七十一，合前二百卅九）停康布朗畲。申初行七十五里（英里廿五，合前二百六

15,4,5

十四），停凯若。申初三十五分行七十五里（英里廿五，合前二百八十九），停碧毛市。申正三十五分行百八里（英里三十六，合前三百二十五），停沃唐。又穿隧道五百尺有奇（时在酉初）。酉初卅分行百三十二里（英里四十四，合前三百六十九），停小河南。寻行，白石灿灿，浅渠双流，过铁桥，地名纽北耳，有屋百馀椽在两山间，繁卉掩映。有一小水曰奇掩河，曲流峻峡，松根卧濯。车轮斜出崖腹，跨水深才数尺。酉正十五分行九十里（英里三十，合前三百九十九），停屯宜耳张。又行隧道三千四百尺有奇，寻复行隧道二百五十尺。戌正三十分行百五十里（英里五十，合前四百四十九），停马宜墩。亥初五十四分行百六十五里（英里五十五，合前五百有四），停悔各。

初五日　车沿密西根湖南岸而行。巳正行八百八十五里（英里二百九十五，合前七百九十九）至希嘎谷，是伊利那倚斯邦大邑。计自华盛顿都而威士夺勿尔治尼亚邦界，而倭海约邦界，而英厘阿纳邦界，而伊利纳倚斯邦界。（按华盛顿都西北行，入威士夺勿尔治尼亚邦界，名飞里。又西行，入倭海约邦界，名巴嘎司拔谷。又西北行，入英厘阿纳邦界，名由戎。又西北行，入伊利那倚斯邦界，名库纳文。而停车场不必皆界地也，故附注于此。）一昼夜车行二千四百里（英里八百）。至此一憩而易轮车，例也。寓店曰“可良托拔西飞库”，其街曰“库良柯沙渴送”。是邑市廛通衢，宽者辄八十尺，为东北铁

希嘎谷（芝加哥）

交通枢纽至此转车

轨会合之道。有石暗道二，或通水底，或行山中。先是嘉庆九年（千八百有四）民聚寥寥，越二十六年，人不满百，时道光十年（千八百三十），距今仅六十年，增至四十馀万，可不谓敏乎！地产五谷百果。其商以畜为大宗，以米粉为通国最。其工，以炼矿、冶铁、织棉、磨粉诸局著声，中杂华工数百。适有日报人至，询以机器何者为新，而曰屠者创宰羊豕机，千首一落，噫！惨矣！有保险公司，同治十年（千八百七十一）一火，偿银四千四百万圆。虽然，所赢不为不多。光绪二年、三年（千八百七十六、千八百七十七）再火，邮局税关亦偿亦葺。今也，车轨错综，电线网织，惜易车刻晷，莫之遑视。

屠宰机械千首一落

酉初三十分登车行六十三里（英里二十一），停多纳士。又二十四里（英里八，合前二十九）拉北比力。又二十四里（英里八，合前三十七）停我罗纳，时交戌初四十分。又二十七里（英里九，合前四十六）停布里士多鲁。又十八里（英里六，合前五十二）停蒲纳罗。又十二里（英里四，合前五十六）停三突尾奇。又九里（英里三，合前五十九）停莎抹罗。又五十四里（英里十八，合前七十二。）停阿鲁比力。又三十三里（英里十一，合前八十三）停门多达。又二十七里（英里九，合前九十二）停阿林登。又三十六里（英里十二，合前一百有四）停领士登。又二十一里（英里七，合前一百十一）停维埒突。又十八里（英里六，合前一百十七）停捕达。又十八里（英里六，合前一百二十三）停列摹舍。

15,4,6

又二十四里（英里八，合前百三十一）停格佳宜。又二十四里（英里八，合前一百三十九）停嘎鲁拔。又二十四里（英里八，合前百四十七）停阿耳多纳。又十二里（英里四，合前百五十一）停鹅宜达。又十二里（英里四，合前百五十五）停瓦达嘎。又二十四里（英里八，合前百六十三）停格耳士博。又二十七里（英里九，合前百七十二）停康米笼。又二十一里（英里七，合前百七十九）停孟蒙士，时亥正六十分。轮不得止，梦毂与俱。

初六日　子初行十八里（英里六，合前一百八十五）停嘎耳鼓多。又六十三里（英里二十一，合前二百有六）停拔耳林敦。又十二里（英里四，合前二百一十）停威 入艾奥瓦州
士夺拔林登。又四十五里（英里十五，合前二百二十五）停纽伦敦。又二十四里（英里八，合前二百三十三）停马舞多物力长多。又二十四里（英里八，合前二百四十一）停洛屋。又二十一里（英里七，合前二百四十八）停沽林低耳。又二十七里（英里九，合前二百五十七）停飞雅费耳笃。又三十三里（英里十一，合前二百六十八）停拔达里雅。又二十一里（英里七，合前二百七十五）停叶田喜喜地。又十八里（英里六，合前二百八十一）停沃当瓦。又六十九里（英里二十三里，合前三百有四）停马吉松。又行六里（英里二，合前三百有六）停阿鲁比亚。又四十五里（英里十五，合前三百二十一）停墨耳罗士。又二十四里（英里八，合前三百二十九）

停纳赦耳。又二十一里（英里七，合前三百三十六）停柴里东。又二十七里（英里九，合前三百四十五）停鲁嘎士。又二十一里（英里七，合前三百五十二）停坞多拔鱼。又三十三里（英里十一，合前三百六十三）停沃谐纳。又三十里（英里十，合前三百七十三）停马力。又十八里（英里六，合前三百七十九）停舍雅。又二十四里（英里八，合前三百八十七）停阿扶登。又二十七里（英里九，合前三百九十六）停沽列士登。又卌二里（英里十四，合前四百一十）停布列士嘎多。又二十四里（英里八，合前四百一十八）停柯宁。又十二里（英里四，合前四百二十二）停布鲁沽士。又十五里（英里五，合前四百二十七）停纳达威。又十五里（英里五，合前四百三十二）停比列士嘎。又二十四里（英里八，合前四百四十）停丝荡东。又二十一里（英里七，合前四百四十七）停埒特沃谷。又十八里（英里六，合前四百五十三）停活莎屋。又十二里（英里四，合前四百五十七）停野马松。又一十五里（英里五，合前四百六十二）停赫士鼎司。又十五里（英里五，合前四百六十七）停马鲁磅。又十八里（英里六，合前四百七十）停奇鲁司迭禄。又十五里（英里五，合前四百七十八）停沃林坞笃。又十二里（英里四，合前四百八十二）停巴西飞克江戈松。又十五里（英里五，合前四百八十七）停布拉支马五司。

又六十三里（英里廿一，合前五百有八）至奥麻哈，

15,4,6

一译我马哈。时交戌初，暂投逆旅，曰“拔库司屯”，在沙金司街。计自希嘎谷西行，由拔耳林敦入爱呵洼邦界，又西行入拿布拉士格邦界（交界地名康五修布纳符），至此千五百二十四里，计自华盛顿都至此三千九百二十四里（英里千三百有八）。

奥马哈市西部第一

是埠为合众国西境第一，厥人已逾十有一万（《使美记略》云二万四千，非今数矣）。先是咸丰四年（千八百五十四）始徙西黎于此，德义志人居多，而英人趋若骛。时有印甸土人名澳麻哈者，以其名名地，遂沿之以至于今。枕密苏厘河，地势高于海面一千有三十二尺。其工以熔矿、制机、锯木、酿酒为夥。其布石成道，自光绪六年始（千八百八十），嗣是马车街车，轨道四通。有铁道总局六，道之轨交错其中，南侧有憩客场二，而售票所、电报所、电话所、邮信所罔弗具。析而言之，有连络太平洋铁道公司，有密苏厘河铁道公司，皆在埠东。又有铁道机器局，在埠北三里（英里一）。其地基约三十野格，可制下中上三等汽车。其地高于海面九百八十五尺，是低于澳麻哈埠百五十有七尺也。炮台距埠九里（英里三），地大八十野格，造自同治七年（千八百六十八），有马车道可以通埠。埠之东北，铁桥一道跨密苏厘河，长约五里（英一里有奇），上铁下石，其墩二十四，其柱径八尺五寸，其费银二百五十万圆。过桥即铁道总局也。

戌正五十分登火车行十八里（英里六，合前五百十四）停基利摹。又十八里（英里六，合前五百二十）停巴碧玲。又五十一里（英里十七，合前五百三十七）停益康。又十八里（英里六，合前五百四十三）停华利。又三十六里（英里十二，合前五百五十五）停夫里孟多。其地高于海面千一百九十二尺，连络太平洋铁道公司而外，又有公司连络东北，铁道多可知已。其居民今逾五千，学校日增。又八十一里（英里二十七，合前五百八十二）停柴顿。又六里（英里二，合前五百八十四）停司治兰，居民二千。

铁道连络东北

初七日　子初行四十八里（英里十六，合前六百）停哥仑拔司，所谓布拉低即此。先是咸丰十年（千八百六十）有人名卓治法兰西斯多连者，谓地当合众国中央，拟以为都，而未果。同治三年（千八百六十四）定为拿布拉士格邦界。火车过此可渡布法库河。厥河多鱼，厥岸多鸟（雉鸦之属），渔猎者趋如鹜。过河，铁道无屈曲无起伏者百二十里（英里四十）。此地人约三千。又行四十八里（英里十六，合前六百十六）停舍利福司力（一译利华其力），译言银湾也。又六十九里（英里二十三，合前六百三十九）停陇其利，译言独木也。

又行六十六里（英里二十二，合前六百六十一）停克兰爱伦，译言大岛也。距此六里馀（英二里馀）有大岛峙布拉库河中（或言海岛，非也），长九十里（英里三十），宽十二里（英里四），地名以此。此地为哈而能邑治，地高海面千八百六十尺，有机器局工数百，以修火车为最。同治五年（千八百六十六）以前尚无铁道，嗣是

15,4,7

道日以辟。此地停车场佣二十有三。有地名夫列多司治耳墩，形似炮台而小，枕北布拉地河，其水上流三百七十五里处（英里百二十五），宽至四十五里（英里十五），农田资之，猎者犹多。先是野牛野马足迹旁午于道，横死道侧，日以百数，驱之冈色斯境，同治十二年以后（千八百七十三年后）厥迹渐稀。将名哈拉宜者，尝与印甸人战，胜于此。居民一万。

又百十一里（英里三十七，合前六百九十八）停巴尼。又百一十七里（英里三十九，合前七百三十五）停布林其列。又百三十五里（英里四十五，合前七百八十）停诺布拉，地高海面二千七百九十六尺。拿布拉士格邦治曰林昆，亦在于斯，居民三千，有机器局。其铁道自同治五年始（千八百六十六）。火车行向正西，又六里（英里二，合前七百八十二）停马福顺。又四十二里（英里十四，合前七百九十六）停郡呼布拉。

又三里（英里一，合前七百九十七）停澳法伦（一译阿花仑）。沿河沙冈起伏不绝，此居沙冈，不宜耕种。先是西人至此，罪人居多，是以凌弱时蠢。咸丰九年（千八百五十九）至同治五年（千八百六十六）最甚。印甸人曰阿拉拔澳族，曰学苦司族，皆土著有年。铁道多在冈北，冈高处约五百尺许，连绵以迄歪阿明部之黑冈，长六百里（英里二百），宽百五里（英里三十五），人畜无多，而清泉时出。 西部移民多有罪犯

又四十八里（英里十六，合前八百十三）停倭戈耳。

又五十七里（英里十九，合前八百三十二）停罗士戈。又四十五里（英里十五，合前八百四十七）停澳可拉拉（一译倭加拉赖），时巳初十五分也。地高三千二百有七尺，格以司邑治此。北有小冈，地宜牧不宜农。同治九年（千八百七十），土匪虎眈火车，先之以野马。而火车转轮冲马而进，车中客手枪毙劫者无算，遂免于难。

又五十七里（英里十九，合前八百六十六）停布司冰领，译言大泉也。泉源远而甘，地高三千三百六十尺。光绪三年（千八百七十七），匪集一十有二，劫火车，至今犹呼之“大泉贼”。方劫时，断电线入车，劫邮银六万五千圆，客银千三百圆，载之马背，一鞭入林。悬赏万金，获其三贼，复银及半。置兵戍之。居民百五十。

火车劫案多发之地

又二十一里（英里七，合前八百七十三）停由治司拔，或称维耳，或称田勃，而有人焉曰由治司拔，遂以名之。地高三千四百五十六尺，居民六百。又六十九里（英里二十七，合前九百）停西多泥，时午正也。下车一餐，匆甚。是拿不拉士格邦最西车场，地高四千有九十尺。不宜耕种，然宜牧，养牛羊者辄数千头。有炮台而小，置自同治九年（千八百七十），骑兵将董之，且有管二十一步队之官署。居民千五百。又百一十一里（英里三十七，合前九百三十七）停晏地立，犹是拿布拉士格邦境也。产金钱鹿，土人猎鹿居多。又三十里（英里十，合前九百四十七）停锦博尔，时未初三十五分，初名安地罗比，今以铁道公司长名名之。地高四千六百九十七

15,4,7

尺，农牧皆宜，而牧胜。

过此五十四里（英里十八）即交歪阿明界，渐西渐高。火车所经之野，可眺仑司峰，是落机山之一峰也。南有一峰名白库司，峰顶恒戴雪，是喀挪拉夺邦境之最高峰，虽隔五百二十五里外（英里百七十五），可以见之。剪花埠在北六百里许（英里二百），极目无树，而草辄短，有沙无泥故也，即当雨滋蔓，无逾五寸，而雪恒遏之。此地之北多山鹿、山牛、山羊。

又一百五十九里（英里五十三，合前一千）停给安西（一译格宜，一译加兰尖嫩），此歪阿明大邑也，部治亦在于斯。思埒沽河环其西南，其境西颇东平，地质如烧，殆初多火山欤？河水不少，然润泽无多，山水积自冬雪，夏霖屈曲出山，才足供牛饮耳，是以其地宜牧不宜农。其谋生聚，自同治八年（千八百六十九）始，今无虑九千人矣。议院犹新，他如理刑官署、学校、连络太平洋铁道局、电局、马车厂、自来水公司，皆以次举。有机器局名“可列多先托拉耳瓦库司”，其器与屋值银五百万圆，铁道汽车悉取利器于此。马鞍工为通国最，有练骑场。客店大者二，一曰“印达澳生”，一曰“美托路波理唐”。骎骎乎有进部为邦之势。

怀俄明州首府应是夏延

火车带来新兴城市

又行九十九里（英里三十三，合前千三十三）停蝮莽（一译沙间，一译夏满），此美利加合众国铁道所经落机山最高处也，高于海面八千二百四十七尺（非山高处，是美利加铁道高处），昔者，美利加一将名蝮莽，厥身高于寻常人，故以名此。然其高处平而非锐，有纪念碑四方，方各十尺有奇，其顶尖，为澳库司叶牧士及其弟澳利拔立也。此二人者，洞山胁、通铁轨有功，故志不忘。西北石峰断续若云，奇石乱堆，短松出罅，或欹或卧，风烈逼之故也，雪馀小草辄黄。登峰游目，西南二百一十里（英里七十）见伦司峰，南四百九十五里（英里百六十五）见白库司峰，西北三百里（英里百）见叶绿山，微独黑冈隐约而已。自给安西迄于蝮莽，铁道斜平，每一英里高千分之一百七十有六，是一华里高千分之五十九有奇也。天气温度八十有二，寒度辄至三十，东风恒吹雨成雪，而西南风尤猛。轨工骤至多病者，是因空气稀而薄，久之而安，是因空气净而清。虽然，四时皆雪，严冬弥增，纵仅数寸，而风扬辄没车轨，可危也已。是以有拦雪栅、护轨棚之工。其栅如中国鹿角栅形，山凹溪曲宜之。其棚以板为之，如隧道，或百尺，或数十尺，板隙有光，车行无须上灯。有铁桥跨屈亚夫河，长六百五十尺，高百二十六尺，在停车场西六里许（英里二）。

印第安人因路获难

东南千里，鹭砂坐飞，半为土人猎地。同治八年（千八百六十九）铁道拓此，既阻且掠，互有杀伤。土人遂徙深山，在数百里外，而亦时出猎兽。发黑而披，面赤而暗，穿耳无分男妇。其酋或面涂黄垩，冠羽，衣皮，善骑射，道路时有见者。所猎熊鹿雉兔居多，亦渔于溪，以鳟为最。

又三十三里（英里十一，合前千四十四）停列藿大

15,4,8

低士（一译藿山大士），译言赤沙块也。其质沙，其色赤，往往突起或三百尺，或五十尺。有小炮台曰拉拉米墩，设自咸丰九年（千八百五十九），在北纬四十二度十二分三十八秒，今属第七步兵队，有将官驻此。此地高七千三百尺，火车繇此北行，又二十一里（英里七，合前一千五十一里）停拉拉米（一译拉拉米坏沙名）。歪阿明部有邑治此，曰澳洛巴尼。同治四年（千八百六十八）始置此城，拉拉米河水环厥西，有机器场，属铁道局。别有曹达工厂、玻璃工厂、自来水、电气灯各公司。其居民六千，而木商矿工居多。初多板屋，渐易砖石矣。客店之最曰"松拔"。凡陪审官鲜以妇女，有之，独此。增大学校，费银五万圆。有平原长一百八十里（英里六十），广六十里（英里二十），不宜耕作，然如马铃薯可殖也。其北有湖，繇是而西迄三法兰昔斯哥，火车场多用华人。 车站多华工

初八日　行百有五（英里三十五，合前千八十六）停古巴士列。有古巴士湖，民多沿湖而居。又四十二里（英里十四，合前千一百）停碌区。又二十一里（英里七，合前千一百有七）停罗库里沽，译言石河也，在石河上，铁道曲折东行，乃回轮而西北。高六千七百有四尺，有湖曰可莫，长三里（英里一），宽一里有奇（英半里）。产猫鱼，有胫，亦一奇也。又四十五里（英里十五，合前一千一百二十一）停果舞。又二十四里（英里八，合前千一百二十九）停美治顺哺。有铁道局，屋作圆形。过此二十馀里地势始坦。不见有除雪栅。

又行三十里（英里十，合前一千一百三十九）停加朋（一译哈柄），居民六百。铁道公司始开煤矿，虽矿苗不佳，而汽车良足取携。地高六千八百二十一尺，有山曰叶路柯，高万一千五百十一尺，雪积时多。又百二十里（英里四十，合前千一百七十九）停扶列托是低耳，地高六千五百有五尺，有炮台，置于同治七年（千八百六十八），越十八年废。自澳麻哈以来再渡北布拉地河，其水至此约四百五十里（英里百五十）。初以舟渡，今跨桥矣。入此河之夫连治河、莫纽缅多河，尝出金沙。此外有矿泉七，寒泉一，皆可浴也。南有地名“厚古拔葛”，译言鹿背也，高五百尺至千尺，蜿蜒而西，形如鹿背，故名。

又三十九里（英里十三，合前千一百九十二）。停罗林士，盖以大将名地也。地高六千七百四十四尺，民二千一百，牧畜居多，然矿工夥。银矿既旺，杂矿亦出，有一沙石矿，厥色赤，厥性酸化，铁道公司兼采之，输之东方。有矿泉来自青石，其北四百二十里英里百四十有油井，又北三十里（英里十）有印甸土人族居。其炮寨名瓦沙基，合众国分第七步兵队戍之。又三十里（英里十，合前一千二百有二）停舌巴利顺，有分往谊，盖铁道公司聚议于此，而后分勘东西，故名之也。又五十四里（英里十八，合前一千二百二十）停利士顿，地高七千有三十尺，又百一十四里（英里三十八，合前千二百五十八）停嘉步洛，译言平石也。地高六千八百九十尺，石

15,4,8

色赤。又三十里（英里十，合前千二百六十八）停毕大起力。

又六十里（英里二十，合前千二百八十八）停潘他阿符布洛士。有采煤公司，其工以机，日出百车，每车二万二千磅。产蚝多在山中，土人烧灰，输之远方。又行三十六里（英里十二，合前千三百）停写耳地威而士，译言盐井也，产煤。又四十二里（英里十四，合前千三百十四）停洛士布领司。其地涌泉不绝而味咸。又四十二里（英里十四，合前千三百二十八）停布经士仁，地势向南渐高。美利加兽皮公司勃立柯立于道光五年（千八百二十五）。又二十一里（英里七，合前千三百三十五）停麻士顿。又六十里（英里二十，合前千三百五十五）停可连北。又六十六里（英里二十二，合前千三百七十七）产玛瑙，又有石鱼，剖石则鱼纹如绘，沙冈连绵数十里许。又八十一里（英里二十七，合前千三百九十七）停各耳大，盖以状师名名地也。

东三十里（英里十）有勃立各寨，咸丰八年（千八百五十八）立于其将戎松，在北纬四十一度十八分十二秒，是此地设官之始，兵即第十七步兵队也。其地宜牧，其木多杉。铁道西行渐高，有除雪棚。又五十四里（英里十八，合前千四百一十五）停碧汶。又四十五里（英里十五，合前千四百三十）停阿士边，地高七千三百九十五尺，有锯木厂，其木多自文达山来此地，斜下至盐湖滨而止。

又三十里（英里十，合前千四百四十）停黑纳托。初木工甚盛，木炭亦多，光绪十二年（千八百八十六），匪三百人劫距此九里之比牙河镇（英里三），寻靖，然市廛减矣。比牙河急流也，导源文达山，北流入比牙湖，湖长四十五里（英里十五），宽十五里（英里五），湖水北流成河，径尤达部境注大盐湖。又四十五里（英里十五，合前千四百五十五）停伊尹士顿，居民二千。离此十里有煤矿名呀耳马，其工八百，华人居十之七。又三十里（英里十，合前千四百六十五）停华茶治，一云叶王司登。途间穿石山隧道七百七十尺，厥石甚坚，不易为而亦可为也。地高六千七百五十九尺，东去澳麻哈二千八百七十一里（英里九百五十七），西距三法兰昔斯哥里亦如之。光绪十四年（千八百八十八）设育幼院，费银四万五千圆。有机器局。居民三千，中有华人一千。矿业居多，而以煤为大宗，日出百车，输之嘉里符尼亚者过半。有铁道公司。

煤矿华工居十之七

居民三千华人一千

又一百二里（英里三十四，合前千四百九十九）停叶骨地，高五千四百七十一尺，有煤矿，兼有铁矿，山水争奇，石洞异常，居民二千，以牧为主。又四十八里（英里十六，合前千五百十五）停威拔民，约一千有奇。又三十六里（英里十二，合前千五百二十七）停迭呼路吉托，译言鬼门关也，轨道崎岖，无草无木。又十二里（英里四，合前千五百三十一）停烟大地，高四千五百六十尺。同治元年（千八百六十二）教党曾争杀于此。又

15,4,8

二十一里（英里七，合前千五百三十八）停倭顿（一译澳田）。时已酉初，此易车地也。地高四千三百有一尺，断岸高者一千五百尺，石山四围，水木交映。连络太平洋火车置公司于此，四通八达；往盐湖城车亦于此易之。有倭顿洞，游者称之。西北十八里有矿泉，四时浴者云集。客店大者曰“勃路沐”。道侧摊售五金矿及玛瑙之属。

车中见华工廖氏，问之，据云来自煤矿，是工首也，月获佣银一百圆有奇，他工或三四十圆，或五六十圆有差。是矿日出煤二千吨，每吨值银七圆一毫七忽，华工分六毫三忽耳；碎煤减值七之一。此地人八千五百，西二十七里（英里九）有温泉名“哈脱司布林”，在停车场右侧，山端冬雪一积，热雾自冲，数里外可以见之，其气含磺，兼铁性也。 华人工头月佣百圆

又七十五里（英里二十五，合前千五百六十三）停可连，或曰“可路司寨”。由此至三法兰昔斯哥有铁道二，一即连络太平洋车轨（非即太平洋一道，故谓之连络），一即所行一道，谓之中央太平洋车轨也。又百有八里（英里三十六，合前千五百九十九）停部朗门多利。先是东西火车于焉分道，东至纽约，大西洋一道，归东路公司，西至三法兰昔斯哥太平洋一道，归西路公司，同治八年（千八百六十九）始连络之。又四十五里（英里十五，合前千六百十四）停门纽蕴。地近盐湖，入毛不沉，合众国盐务大宗也。雪山南耸，绿树环之，山麓人家断续。 联合太平洋铁路与中央太平洋铁路是两家公司，共同修建太平洋铁路

初九日　行五十七里（英里十九，合前千六百三十三）停机利顿，此属尤达邦，山犹童也，然埠有木数十。又九十九里（英里三十三，合前千六百六十六）停鲁顺。又一百三十八里（英里四十六，合前千七百十二）停满迭罗地，高四千九百九十九尺。又百二十里（英里四十，合前千七百五十二）停燕支偏定司。其南山谷二，一名碌碧丽，一名柯绿笆，溪流环之，牧畜孳甚。有银矿。其南百九十五里（英里六十五）有炮台，名活丽碧，东枕咸湖。又五十一里（英里十七，合前千七百六十九）停威尔司，译言水井也，清泉时见，不下三十。又九十九里（英里三十三，合前千八百有二）停哈力。有营泛，有华工。又一百十四里（英里三十八，合前千八百四十）停衣儿高。属列法达邦，人约三千，初以布为屋，今改砖石矣。去此七百八十里（英里二百六十），银穴最王。又十八里（英里六，合前千八百四十六）停模棱。又四十五里（英里十五，合前千八百六十一）停嘎仑，时交未初，下车一餐。此地人约九百有奇，银铜矿苗距此或一百五十里（英里五十），或九百里（英里三百），华工杂于其中。同车中有华人名蔡传良，是为铁道公司华工授食者，言：矢成公司铁道兴工已二十二年，工仅及半。盖起倭顿讫三法兰昔斯哥也，凡九百英里有奇。而蔡氏所司有六百英里，华工四百有奇，每日卯正起，戌正止，中间休息一时。佣赀一圆二角五分，授食之蔡氏日受银三圆。华工较埃及士工值廉而力勤，嫉者阻之，而用者初无心阻之也。

华工较爱尔兰工值廉力勤

15,4,9

于此见华工非不可用，且胜西工远甚，视量材器使何如耳。

又四十二里（英里十四，合前千八百七十五）停拔里雪。居民二百有奇，有银矿曰田利加，岁出三千二百万有奇。又十五里（英里五，合前千八百八十）停拔地耳马田，译言战山也，旧为用武地。银铜矿华工千馀。地高四千六百三十六尺。又二百八十二里（英里九十四，合前千九百七十四）停戈阿达，南有金矿，北有银矿。又六十里（英里二十，合前千九百九十四）停云丽墨机，居民千馀，开矿者多。又四十五里（英里十五，合前二千有九）停心朴鲁地，其泉甘，其木果硕。又四十五里（英里十五，合前二千有二十四）停丽碧畤，译言粗麦陇也，其麦较巨。又三十三里（英里十一，合前二千有三十五）停阿丽延，有矿工所。又三十九里（英里十三，合前二千有四十八）停纳户乐庄，草木畅茂，畜牛辄数十万头，羊亦居十之二。又五十四里（英里十八，合前二千有六十六）停布朗场。又九十里（英里三十，合前二千有九十六）停赫石冷司，译言温泉也，其北盐井丛出，有硼砂工局。又九里（英里三，合前二千有九十九）停迭莎，译言荒野也。又六十里（英二十里，合前二千一百十九）停郁士化户，居民八百，距此六十里（英里二十）有铜矿，再南一百有五里（英里三十五）有金穴，再南八百四十里（英里二百八十）有硼砂矿，列法达邦之精华在此。又五十四里（英里十八，合前二千一百三 大牧场十七）停哈列司。又六十里（英里二十，合前二千一百五十七）停宜纳，是列法达邦大邑也，民二千，中有华人百馀。有二银行，有金银矿，过此入嘉里符尼亚邦境。

宜纳（里诺）

又七十八里（英里二十六，合前二千一百八十三）停渚篱矶，民二千有奇，工商以木为宗，板屋脊锐如峰，无所取诸，取雪不积也。又四十五里（英里十五，合前二千一百九十八）停卓矶，一译心觅，译言峰顶也。落机山峰高逾万尺，今汽车所行高处，高于海面七千有一十七尺，凿山通轨，长一千六百五十九尺。此外除雪栅、护轨棚，不一而足。又三十九里（英里十三，合前二千二百有六）停西司果。先是车道止此，阻于落机山故也，隧道一通，飞轮径达。又二十七里（英里九，合前二千二百十五）停安密嘎兰格，译言游人峡也。又四十二里（英里十四，合前二千二百二十九）停阿耳达，产木最富。又十五里（英里五，合前二千二百三十四）停高路仑，有金矿，华工数百。又三十里（英里十，合前二千二百四十四）停高罗化司。

金矿华工数百

又五十四里（英里十八，合前二千二百五十二）停沃本，民千有奇。先是石山无高木，然贴地短树，霜干虬枝，虽仅尺许，而恒具松柏梗概；至此则群木云荫，百果星垂，又一境也。又三十三里（英里十一，合前二千二百六十三）停纽哈司坐罗，此地金矿欲竭，盖采久矣。又六里（英里二，合前二千二百六十五）停篇罗，道经冈阜。又三里（英里一，合前二千二百六十六）停沽仑，

15,4,10

土人营屋取石于斯。又九里（英里三，合前二千二百六十九）停增顺，民不逮千，中有华人百馀。厥土枕河，宜麦。又五十四里（英里十八，合前二千二百八十七）停沙嘎敏多，华人谓之金山二埠，对金山大埠言也。其民二万六千，其土宜麦宜木。有织绒局，日织千磅，有造糖局，日出百吨，有铁工、陶工、粉工，汽车四达，工商日滋。然春雪山解，辄患其鱼，而天气亦较暖。 萨克拉门托金山二埠

初十日　行七十八里（英里二十八，合前二千三百一十五）停果尔。又四十八里（英里十六，合前二千三百三十一）停士司登。又三十里（英里十，合前二千三百四十一）停纳渚拉。又三十六里（英里十二，合前二千三百五十三）停伊利士。又七十四里（英里二十八，合前二千三百八十二）停布里山顿。又三十六里（英里十二，合前二千三百九十四）停来儿士。又七十四里（英里二十八，合前二千四百二十二）停屋仑。火车至此，轮舟渡海，遂乘马车，十八里（英里六，合前二千四百二十八）至三法兰昔斯哥，时已卯正。然则谓至自华茶治二千八百七十一里（英里九百五十七），未计屋仑以西，盖专指车道言也。计自华盛顿凡万一千二百有八（英里三千七百三十六）。虽铁道公司支轨略殊，而大概如是。

午后至廛，见裁缝新器，值银十二圆。见脱影器，值银一百十六圆。按西人照相技肇于嘉庆初（千七百九十六年后），越五十馀年（咸丰间，当西千八百六十馀年），

照相洗相新法便捷

中国亦有之，然未若今之法简而功捷。或用钢片，或用玻璃，其玻璃昔用湿片，今用干片，大要以利器为先。曰聚光镜，即引光至照片者也，凡照人物宜凸面，取诸速也，凡照山水宜外凸内凹，取诸远也。曰聚影匣，即前嵌聚光镜而后列照片者也。曰对光镜，视影之离合也。曰截光璧，因光之明暗而转移，用于其孔也，其孔愈小，其影愈真。曰红玻璃灯，盖已照之片洗于暗室，光遇黄白则散，所宜惟此也。其它若三足架，若洗子，若盛片匣，若遮光布，若玻璃量（亦曰玻璃制子），若晒片木格，皆不可少者也。湿片用葛罗甸，干片用胶溴，皆以银水和之胶之。速于葛罗甸，自七倍至七十倍。凡照影视时之早晚，天之

显影水

阴晴，气之寒燠，速率有定而无定也。曰发现水，用碧陆（火也）嘎里酸十分，白罗敏莫尼亚六分，水六十分，硝强水二分，为一瓶；阿莫尼亚水三分，水二十分，为一瓶。用时合之。曰定影水，用海波所达四十分，水十六倍。曰感光纸（一云印影纸），用硝强银二十分，水十六倍，白矾五分，入纸浸之。曰洗纸水，用金水三分，炭气所达一分，水十四分。洗后仍以定影水定之，此干片法也，湿片亦大同小异。初法无如此捷，然新样磁、巾皆宜，不必纸也。

十一日　检点行李，补游工肆，往还六十六里（英里二十二）。

十二日　未初坐马车至于海滨，约四里馀（英一里半）。携翻译泽村繁及襄译之林钏上“嘉力”轮船，中西

15,4,13

学堂周桂森亦来同舟。申初行，西航经纬线较前此东航少偏于北，然大致亦无大异。以昔例今，不更赘也。风波既习，椠铅惧荒，遂补述《美利加图经·水师阻道说》。

十三日　大风鼓浪，客多停餐，然云龙尚克伏案。草《炮台经验说》。

十四日　风雨弥增。述《陆军营房表》。

十五日　风潮未息而航弥捷。述《兵器局表》。

十六日　海旭催轮，少拓眼界。述《兵船表》、《兵船杂识》。

十七日　述《古巴图经·自叙》及《专例》。

十八日　风复沸涛。述《船炮经验说》。舟中客相问讯，适有游自檀香山者，云龙证以昔闻，述《檀香山记》曰： 舟中采编檀香山事

> 檀香山云者，华人名之也，西人谓其国曰耳支威仁，谓其岛曰柯华壶，谓其正埠曰汉奴鲁鲁。其地在阿美利加洲太平洋南。距三法兰昔斯哥七千二百六十里（海里二千一百）。岛高海面四千有六十英尺，长百三十八里（英四十六里），宽七十五里（英廿五里）。
>
> 虽一小国，而君非民主，然司财之官半由英美所辖。小岛凡八，而本岛有若中国府者一，若中国县者五，皆置疆吏。又有若侍卫者四，若副将者二，若枢密者四，又有外部内部正副各一，又有税官、狱官、医官、治道官、巡捕官。其兵，王军百二十，王后军 1894 年前为夏威夷王国，1898 年归属美国

亦如之，取护卫也。马队兵百二十，巡兵六十三，又有土兵、美兵、英兵、商兵，各一百有奇，疆吏以时练之。海口无炮台，设迎送炮六，重仅一吨。海滨浅甚，轮舟出入非潮不可也。

岛民二万华民八千工商参半

此岛民二万一千有奇，华民八千二百有奇，工商参半，商一回华，非曾纳身家税者，不得领再至文凭。小商先纳税银二十六圆，一年为期，期满复税如初。工则蔗糖居多，耕亦有之。其土沃，宜稻，其物产，五谷而外有薯芋蔗蔬之属，又有“区华”可以酿酒，非官许不得种也。其人税，凡家赀千圆，岁纳银七圆五角，馀例视此。商牌岁税银二万五千圆，商之身家岁税二万圆，入口丝物岁税银一十万圆。其俗，土人嗜酒，每沉醉时踏市歌且舞，名曰呼刺，或以山花木叶杂挂头颈为乐。

先是八岛酋起争雄，血流膏野，近属厥王。一曰道威岛，在柯华壶西北二百八十八里（英里九十六），高四千八百尺，长六十六里（英里二十二），宽七十五里（英里二十五）。有官若中国巡抚者一，若知府者一，若知县者四，又有巡捕官四，巡兵四。其民五千六百有奇，华人二千四百有奇。其物产以稻蔗为主。二曰猕猴岛，在道威岛西北百三十二里（英里四十四），距柯华壶四百二十里（英里一百四十），高亦如前，长六十里（英里二十），宽二十一里（英里七）。官同。其民百七十有奇，华人四十有

15,4,18

奇。其物产有薯及瓜蔬之属。三曰棶宜岛，在柯华壶东南二百一十六里（英里七十二），高万有三十二尺，长百四十四里（英里四十八），宽九十里（英里三十）。有官若中国巡抚者一，若知府者一，若知县者三。又有巡捕官三，巡兵十四，税官一。其民万二千一百有奇，华人千七百。其物产以蔗为宗，糖局十有二，亦犹日斯巴尼亚国之古巴、秘鲁国之利马也。其境有山曰沽纳，高而瘴，四时皆冬，霜雪不断，山麓数十里，种蔗者婴疠辄患足肿。此地华人三千四百有奇，西人亦不下三千。四曰磨罗机岛，在柯华壶东南十五里（英里五），高三千五百尺，长百二十里（英里四十），宽二十一里（英里七）。其官由棶宜岛兼之，别设官一，巡捕官一，巡兵四。又于嘎路巴巴置管疯者官一，巡捕官一。其民二千五百八十有奇，疯者二千有奇，聚自各岛者也。华人三百五十有奇（商五十，馀工）。其土硗瘠，不宜谷麦，而薯芋瓜菜时亦有也。五曰南宜岛，在柯华壶东南百五十里（英里五十），高三千尺，长五十一里（英里十七），宽二十七里（英里九）。其官亦由棶宜岛兼之，别设若中国知县者一，巡捕官一，巡兵四。其民三百五十有奇，华人三百有奇，农工多于商也。六曰嘎虎流围岛，在柯华壶东南百八十有二里（英里六十有奇），高千四百五十尺，长三十三里（英里十一），宽二十四里（英里八）。官犹未备。其民一百有奇，华人六

八岛简介

十有奇，有工无商。其土不宜谷，土人以畜牛羊为业，然野豕辄啮马足，狂奔如狼。七曰希绿岛，一名夏威彝，在柯华壶东南四百有二里（英里百三十四），高一万三千八百有五尺，此其最高岛也。长二百七十里（英里九十），宽二百一十九里（英里七十三）。有火山，有雪山，道路崎岖。有官若巡抚者一，若知府者一，若知县者六，若副将者一，巡捕官六，巡兵二十六。其民万七千三十有奇，华人三千二百。其土宜蔗而薯芋区华亦宜，兽则牛马犬豕为多（黄犬毛多）。八曰古哈纳，属于希绿岛，分南北两邑。巡捕官二，巡兵一十有六。其民四千有奇，华人二千七百五十有奇。综而言之，凡民六万一千六百八十有奇，凡华人二万二千四百有奇。

八岛赋税皆国王遣官司之，别国和约，八岛疆吏无干预权。

檀岛外交

美利加遣二等使一，正副领事各一（商民二千）。英吉利遣三等使一（商民三百）。法郎西、葡萄牙皆遣三等使一，兼领事（法民五十，葡萄民七千）。德意志、日斯巴尼亚、日本（德民二百，日斯巴尼亚民六十馀，日本民三千）、义大利、瑞士、丹、秘鲁、俄罗斯等国各遣领事一。馀有立约而未遣官者。

十九日　述《水雷》。

二十一日　何以无二十日也？昔由西而东须闰一日，

15,4,22

今由东而西则少一日，此行在太平洋一十八日，抽一日于其间，亦航海例也。述《营灯》。 由东而西则少一日

二十二日　大雾，咫尺不见，虽无礁险，恐与舰逢，是以历五十分辄一鸣烟筒也。述《中国约表》。

二十三日　午又雾。述《中国使臣表》。

二十四日　述《别国使美利加表》。

二十五日　述《中国人至美利加年表》。东南风大作，浪高数十尺，然顺风也。

二十六日　述《合众国制》。

二十七日　述《官制》、《刑略》。明日早至日本横滨，计自三法兰昔斯哥至此，凡万五千有八十四（海里四千五百七十一）。与往时可互参也。

傅云龙游历美加等国图经馀纪

人名索引

八画

九画

十画

十一画

十二画

十三画

十四画

十五画

傅云龙游历美加等国图经馀纪

译名简释

二画

八嘎美押

Pacasmagyo,帕卡斯马约

三画

三低鸦谷

Santiago,圣地亚哥,智利首都

三法兰昔斯哥

San Francisco,圣弗朗西斯科,又译三藩市、旧金山

三藩城

San Francisco,旧金山,另见三法兰昔斯哥

干捏底嘎夺邦

Connecticut,康涅狄格州

士丹福

Stanford,斯坦福

士伯林飞耳

Springfield,斯普林菲尔德

大安低列

Antilles,大安的列斯群岛

小安低列

Lesser Antilles,小安的列斯群岛

山地亚低古巴

Santiago de Cuba,圣地亚哥,亦称圣地亚哥·德·古巴

千列拉耳

Chanaral,查尼亚拉尔

乞臣河

Hudson River,哈德逊河

马丹萨

Matanzas,马坦萨斯

马沙朱色士邦

Massachusetts,马萨诸塞州

四画

尤达部

Utah,犹他州

比士谷

Pisco,皮斯科

比士葛湾

Pisco Bay,皮斯科湾

比日登

Bridgetown,布里奇敦

比民太耳

Pimentel,皮门特尔区

瓦司古

Huasco,瓦斯科

瓦亚基

Guayaquil,瓜亚基尔

瓦亚基河

Guayas River,瓜亚斯河

瓦足

Huacho,瓦乔

日库送微理

Jacksonville,杰克逊维尔

日斯巴尼亚

Espana,西班牙

冈色斯;刚色斯邦

Kansas,堪萨斯州

公举

Presidential elect,总统选举

勿尔治尼亚邦;勿尔治尼邦

Virginia,弗吉尼亚州

文特亨姆

Windham,温德姆

为明屯

Willminton,威尔明顿

巴他峨尼

Patagonia,巴塔哥尼亚

巴亚拉

Pará,帕拉,巴西帕拉州,亦为其州府贝伦旧称

巴西亚

Bahia,巴伊亚州,亦为其州府萨尔瓦多(Salvador)旧称

巴别突司岛

Barbados,巴巴多斯岛

巴拉马

Panamá,巴拿马

巴哈麻

Bahamas,巴哈马

五画

可连

Salt Lake City,盐湖城

布纳岛

Puna Island 普纳岛

布拉低

Platte,普拉特

布法库河

Platte River,普拉特河

叨特拉耳

Taltal,塔尔塔尔

瓜度

Quito,基多

印甸人

Indians,印第安人

汉奴鲁鲁

Honolulu,火奴鲁鲁

加大其那

Cartagena,卡塔赫纳

加里符尼亚邦

California,加利福尼亚州

加纳大

Canada,加拿大

加非

coffee,咖啡

发哥兰岛

Fuego,火地岛

六画

耳支威仁

Hawaii,夏威夷

达果洼罗

Talcahuano,塔尔卡瓦诺

达格纳部

Tarapaca,塔拉帕卡区

列法达邦

Nevada,内华达州

先塔卢斯

Saint Thomas,圣托马斯岛

伐耳巴来所

Valparaiso,瓦尔帕莱索

华盛顿都科伦布亚

Washington, D. C. 华盛顿哥伦比亚特区,简称华盛顿

伊利纳倚斯邦;伊利那倚斯

Illinois,伊利诺伊州

多米宜格

Dominica,多米尼克岛

安地师山脉

Andes Mountains,安第斯山脉

安地卦

Antigua,安提瓜岛

安多法嘎士达

Antofagasta,安托法加斯塔

买卖风

Tradewind ,贸易风

七画

玛理兰邦

Maryland,马里兰州

克兰爱伦

Grand Island, Nebr,格兰德艾兰

杉发多

Sanford,桑福德

更格卢

kangaroo,袋鼠,亦指美洲更格卢鼠

里约热内路

Rio de Janeiro,里约热内卢

别东路

Baton Rouge,巴吞鲁日

伯能不各

Pernambuco,伯南布哥州,书中指州府累西腓(Recife)

伯理玺天德

President,总统

低低嘎嘎湖

Lake Titicaca,的的喀喀湖

佛勒里答邦

Florida,佛罗里达州

希嘎谷

Chicago,芝加哥

沙拔那

Savannah,萨凡纳

沙鲁尾耳

Salaverry,萨拉韦里

沙嘎敏多

Sacramento,萨克拉门托,华人称为金山二埠

阿马所纳河

Amazon River,亚马孙河

阿打洼

Ottawa,渥太华

阿老敢人

Araucanian,阿劳坎人

阿列格

Arica,阿里卡

阿多兰达

Atlanta,亚特兰大

阿里琐那邦

Arizona,亚利桑那州

阿拉巴麻邦

Alabama,亚拉巴马州

阿林登

Arlington Cemetery,阿灵顿公墓

阿美利加洲

America,亚美利加洲

阿莫尼亚水

Ammonia,阿摩尼亚水;氨水

纽折尔西邦

New jersey,新泽西州

纽阿林;纽阿连

New Orleans,新奥尔良

纽波多

Newport ,纽波特

纽墨西哥邦

New mexico,新墨西哥州

八画

拔客希耳纪功碑

Bunker Hill Monume,邦克山纪念碑

拉巴拉他

La Plata,拉普拉塔,包括今阿根廷、玻利维亚、巴拉圭和乌拉圭等国

若耳治尼亚邦

Virginia,弗吉尼亚州

英厘阿纳邦

Indiana,印第安纳州

果龙

Colón,科隆,巴拿马港口

和兰

Nederland,荷兰

委内瑞辣

Venezuela,委内瑞拉

金勃拉苏

Chimborazo,钦博拉索山

金博汀

Chimbote,钦博特

金嘉岛

Chincha,钦查群岛

波士登

Boston,波士顿

波治磨

Baltimore,巴尔的摩

宜纳

Reno,里诺

宜惟

Nevis,尼微斯岛

九画

玻利非亚

Bolivia,玻利维亚

茶利司顿

Charleston,查尔斯顿

柯华壶

Oahu,瓦胡岛

柯浓乃裸

Coronel,科罗内尔

威士夺勿尔治尼亚邦

West Virginia,西弗吉尼亚州

歪阿明部

Wyoming,怀俄明州

贵壁

Quebec,魁北克

哈夺送湾

Hudson Bay,哈得逊湾

哈密屯

Hamilton,哈密尔顿

炭气所达

Soda,苏打;碳酸钠

科仑布亚国

Colombia,哥伦比亚

笃六溪约

Trujillo,特鲁希略

叟司喀尔勒那邦

South Carolina ,南卡罗来纳州

美牙马

Vina del Mar,比尼亚德尔马

美利加

U. S. A,美国

洼蒙邦

Vermont,佛蒙特州

洛马司

Lomas,洛马斯

突连登

Trenton,特伦顿

费纳的费牙

Philadelphia,费城

十画

埃及士

Irish,爱尔兰

埃瓜度国

Ecuador,厄瓜多尔

莫连夺

Mollendo,莫延多

莫格谷瓦部

Moquegua,莫克瓜省

哥仑拔司

Columbus,哥伦布市

哥葛鸦

cacao,亦作 cocoa,可可

夏湾纳

La Habana,哈瓦那

倭海约邦

Ohio,俄亥俄州

拿布拉士格邦

Nebraska,内布拉斯加州

爱呵洼邦

Iowa,艾奥瓦州,亦译爱荷华州

翁打里约

Ontario,安大略

胶溴

Silver gelatin,溴化银明胶

海波所达

Hyposulphite,硫代硫酸钠

宾夕佛尼亚邦

Pennsylvania,宾夕法尼亚州

诺司喀尔勒那邦

North Carolina,北卡罗来纳州

十一画

理治门

Richmond,里士满

基耳根

Quilca,基尔卡

基威士多

Key West, Florida,基韦斯特

梦夺里耳

Montreal,蒙特利尔,又称满地可

野里湖

Lake Erie,伊利湖

得力风

telephone,电话,亦译德律风

猓达

Lota,洛塔

麻拉布里可

Puerto Maldonado,马拉夫里戈

淡木耳抹林

Tambo de Mora,坦博-德莫拉

淡巴菰

Tabaco,烟草,西班牙语音译

密士昔比邦

Mississippi,密西西比州

密士昔比河

Mississippi River,密西西比河

密西根湖

Lake Michigan,密歇根湖

密苏厘河

Missouri River,密苏里河

十二画

散吉

Saint Kitts,圣基茨岛

散地奔领

Punta Arenas,蓬塔阿雷纳斯

惹美格

Jamaica,牙买加

葛罗甸

keluodine,珂罗酊

葛根博

Coquimbo,科金博

葡萄墨河

Potomac River,波托马克河

落机山

Rocky Mountains,落基山脉

粟碧

Supe,苏佩

喀挪拉夺邦

Colorado,科罗拉多州

奥麻哈

Omaha,奥马哈

鲁西阿纳邦

Louisiana,路易斯安那州

谢贶日

Thanksgiving Day,感恩节

十三画

摆达

Paita,派塔港

蒙撒拉

Montserrat,蒙特塞拉岛

蒙德维里罗

Montevideo,蒙德维的亚

赖宜各拉

Niagara Falls,尼亚加拉瀑布

牒宜嘎达

Ponta Delgada,蓬塔德尔加达

新加拉那大国

Virreinato de la Nueva Granada,新格拉纳达,即大哥伦比亚共和国

意基吉

Iquique,伊基克

滩坝

Tampa,坦帕

十四画

碧沙湾

Pisagua,皮萨瓜

碧陆(火)嘎里酸

Fire sulfuric acid,火硫酸,即

浓硫酸

嘉里约

Callao,卡亚俄

嘉里符尼亚者

California,加利福尼亚州

裳莽谷

Samanco,B. de,萨曼科湾

嘎列纳

Caldera,智利港口,卡尔德拉

嘎里沙耳八火

Carrizal Bajo,下卡里萨尔

十五画

瞒脱瓦农

Mount vernon,弗农山庄,华盛顿故居

德格瑟斯邦

Texas,得克萨斯州

十七画

檀香山

Honolulu,即火奴鲁鲁,华人称为檀香山

十九画

疆吏

Governor-General,总督

走向世界丛书一百种

初编三十五种以 * 标出

谢清高 **海录**（附三种）
* * 容　闳 **西学东渐记**
* * 林　鍼 **西海纪游草**
* * 罗　森 **日本日记**
* * 斌　椿 **乘槎笔记**
* * 张德彝 **航海述奇**
* * 王　韬 **漫游随录**
* * 志　刚 **初使泰西记**
* * 张德彝 **再述奇**（欧美环游记）
* * 张德彝 **三述奇**（随使法国记）

王　芝 **海客日谈**
* * 祁兆熙 **游美洲日记**
* * 李　圭 **环游地球新录**
* * 郭嵩焘 **伦敦与巴黎日记**
* * 张德彝 **四述奇**（随使英俄记）
* * 黎庶昌 **西洋杂志**
* * 刘锡鸿 **英轺私记**

李凤苞 **使德日记**

钱德培 **欧游随笔**
* * 何如璋 **使东述略及杂咏**
* * 张斯桂 **使东诗录**

黄遵宪 **日本国志**
* * 黄遵宪 **日本杂事诗**〔广注〕

陈兰彬 **使美纪略**
* * 曾纪泽 **出使英法俄国日记**
* * 王　韬 **扶桑游记**
* * 徐建寅 **欧游杂录**

谭乾初 **古巴杂记**

王之春 **谈瀛录**
* * 李筱圃 **日本纪游**

池仲佑 **西行日记**

蔡　钧 **出洋琐记**

袁祖志 **瀛海采问纪实**

张祖翼 **伦敦竹枝词**

王以宣 **法京纪事诗**

潘飞声 **西海纪行卷**

潘飞声 **柏林竹枝词**

潘飞声 **天外归槎录**

张荫桓 **三洲日记**

邹代钧 **西征纪程**

王咏霓 **道西斋日记**

张元济 **环游谈荟**

余思诒 **楼船日记**

缪祐孙 **俄游汇编**

张德彝 **五述奇**
* * 傅云龙 **游历日本图经馀纪**

傅云龙 **游历美加等国图经馀纪**

洪　勋 **游历闻见录**

崔国因 **出使美日秘国日记**
* * 薛福成 **出使英法义比四国日记**
* * 薛福成 **出使日记续刻**

陈道华 **日京竹枝词**

严　修 **东游日记**

姚鹏图 **扶桑百八吟**

凤　凌 **游馀仅志**

* 黄庆澄 **东游日记**

吴宗濂 **随轺笔记**

宋育仁 **泰西各国采风记**

王之春 **使俄草**

伍廷芳 **美国视察记**

* 蔡尔康等 **李鸿章历聘欧美记**

张德彝 **六述奇**（附　七述奇未成稿）

刘学询 **考察商务日记**

黄　璟 **考察农务日记**

罗振玉 **扶桑两月记**

罗振玉 **扶桑再游记**

丁鸿臣 **东瀛阅操日记**

沈翊清 **东游日记**

* 梁启超 **新大陆游记**

张德彝 **八述奇**

载　振 **英轺日记**

吴汝纶 **东游丛录**

双　寿 **东瀛小识**

缪荃孙 **日游汇编**

周学熙 **东游日记**

* 单士厘 **癸卯旅行记**

凌文渊 **籥盦东游日记**

张　謇 **癸卯东游日记**

蒋　煦 **西游日记**

王景禧 **日游笔记**

陈　琪 **环游日记**

* 康有为 **意大利游记**

康有为 **德意志等国游记**

康有为 **英国游记**

* 康有为 **法兰西游记**

韩国钧 **实业界之九十日**

李濬之 **东隅琐记**

盛宣怀 **愚斋东游日记**

* 戴鸿慈 **出使九国日记**

金　鼎 **随同考察政治笔记**

* 载　泽 **考察政治日记**

程　淯 **丙午日本游记**

康有为 **西班牙等国游记**

杨泰阶 **东游日记**

文　恺 **东游日记**

左湘钟 **东游日记**

吕珮芬 **东瀛参观学校记**

* 林汝耀 **苏格兰游学指南**

* 单士厘 **归潜记**

金绍城 **十八国游记**

附 艾儒略 **职方外纪**

附 南怀仁 **坤舆图说**

附 丁韪良 **西学考略**

附 艾约瑟 **西学启蒙**

图书在版编目(CIP)数据

游历美加等国图经馀纪/(清)傅云龙著.—长沙:岳麓书社,2016.12
(走向世界丛书/钟叔河主编)
ISBN 978-7-5538-0683-9

Ⅰ.①游… Ⅱ.①傅… Ⅲ.①游记—作品集—中国—清代
Ⅳ.①I264.9

中国版本图书馆 CIP 数据核字(2016)第 234537 号

YOULI MEIJIA DENGGUO TUJING YUJI

游历美加等国图经馀纪

作　　者:傅云龙
校 点 者:鄢　琨
责任编辑:鄢　蕾
责任校对:舒　舍
封面设计:吴颖辉　贺红梅

岳麓书社出版发行
地址:湖南省长沙市爱民路 47 号
直销电话:0731—88804152　88885616
邮编:410006
岳麓书社网址:www.yueluhistory.com

2016 年 12 月第 1 版第 1 次印刷
开本:890×1240　1/32
印张:7.25
字数:162 千字
印数:1—3 000
ISBN 978-7-5538-0683-9
定价:38.00 元

承印:长沙超峰印刷有限公司

如有印装质量问题,请与本社印务部联系
电话:0731—88884129